U0146331

不需要远离尘世

不需要避世隐居

热闹的地方也有淡泊幽静之处

当我们放空自己

完全放松下来

清朗的风会吹进我们的身体

我们可以像云彩一样飘飞

自由自在

章珺（Jun Miller），旅美作家，祖籍江苏苏州，生于山东曲阜，曾在北京生活十年，中国作家协会会员。

　　已出版《三次别离》《此岸，彼岸》等五部长篇和《回家·四代人的老照片》等多部散文随笔集，参与多种电视节目的创作，编剧的电影《家园》获得中国电视电影百合奖。

　　章珺的作品以情感类题材著称，无论是家国情怀，跨文化的情感碰撞还是亲情友情爱情，她在情感方面的创作上独树一帜。《天鹅邀我去散步》把情感抒发延伸到人与自然的共情，对四季之美的描绘中蕴含着丰富的情感、思想和感悟。

　　Amerina Miller的画作和诗作展示的则是大自然的原生态，母女两人以不同的视角不同的感受记录和呈现四季的不同层面、人生的不同阶段，也记录和呈现两代人在自然之旅、生命之旅中共同的收获和成长。

章珺和女儿Amerina Miller

目录

序 在大自然中和孩子一起成长

这本书最初的灵感来自于一朵野地里的花。

那是一月底的一天，天寒地冻，满目寂寥，我和女儿妮妮在野外的枯草丛中看到了这朵小花。紫色的小花和支撑起这朵小花的枝叶都是新长出来的，新鲜娇嫩。冰雪严寒中，这朵柔弱的小花全然盛开，并且顽强地存活下来。小小的枝头上摇曳着明媚的光芒，即使很微弱，也给萧索的世界带来了生机和希望。我们感觉到了春天的气息，我们知道姹紫嫣红万物复苏的春天即将到来。

开在寒风中的那朵小花给了我们特别的感动，就在那一天我们萌生了这个想法，想创作一本书，把大自然的奇妙和祝福呈现出来。

《野地里的花》是这本书的开篇。

天鹅
邀我
去散步

1. 一场早已开始的自然之旅

在打算创作这本书之前，我们就常去野外散步。我原来是个喜欢宅在家里的人，出门的话也是喜欢在城市里转悠，城市风光对我的吸引力远远超过自然风景。有了女儿妮妮后，这样的喜好和习惯被一点点地改变。

妮妮跟大自然的亲近好像与生俱来。她第一次出去看风景时只有十多天大，还是在深夜。那天半夜妮妮哭个不停，我们怎么也哄不好她。妮妮爸想不出别的招数，干脆把这个小小的婴儿放进他胸前的袋鼠袋里，牵上两条大狗，一起出去遛娃。据说妮妮一出家门就不哭了，努力转动着小脑袋，好奇地打量着满天的星星和星光中的世界，彻底安静下来，很放松地安然睡去。

不知道妮妮对大自然的兴趣和热爱是不是从那个夜晚开始的，但我很确定她不是温室里的花朵，她是一个在大自然里长大的孩子。在她还是婴儿时我们几乎每天都会推着她出门，看日月星辰，看千姿百态的云霞，看树上地上的花朵，看绿叶一点点地变成了五颜六色的彩色叶子……开始时她只能躺在婴儿车里，后来她可以坐起来，再后来她学会了走路，从摇摇晃晃的小碎步很快就能欢快地奔跑，她能看到、感受到的大自然的美妙也就越来越多，她更加喜欢往外跑了。

大部分时候我们踯躅于离家不远的地方，同样的地方去了无数次，这样的重复并未让她生厌，也没有产生审美疲劳，因为大自然永远都在变化中，变幻无穷。

　　大自然的美景是看不完的，只会越看越多。

　　再大一些，妮妮跟大自然的互动也多了起来。她收集各种树叶、花瓣和野果；她跟各种小动物打招呼、一起玩耍；她喜欢爬到树上或高处，可以看得更多更远；她向往在大海里畅游，并且实现了她的愿望；参加夏令营时，野外探险是她的最爱。每天早上我把她送到集结地，看着几个大孩子带上几个小他们几岁的孩子上了几辆小车，每辆车的车顶上都顶着皮划艇和船桨。领队是个大学生，他的助手多半也是大学生，也有高年级的高中生，这是他们在暑假的勤工俭学项目。他们看着都很沉稳负责，可把女儿交给这帮年轻人我难免有些担心，每天早上把妮妮送过去时我总要犯下嘀咕，每天下午去接她时心里也是七上八下，不知道这帮孩子能否平安回来，幸好他们每次都会凯旋。妮妮说他们在野外也出过一些状况，不过他们都很好地应付过去了。妮妮为此很是得意，我也为她和她的伙伴们高兴。生活中不可能一帆风顺，面对问题时，有解决问题的能力，那是很重要的素质。

　　妮妮每天回来都是脏兮兮的，衣服和鞋上都沾着

天鹅

邀我

去散步

泥沙，精神状态却非常好，肤色更加健康，透着由内而外的亮光。

夏令营结束后领队给家长发来一些照片和视频，我们看到妮妮攀爬岩石，在湍急的河流里游泳，驾着小船乘风破浪……那些大孩子一直在旁边照应，她也穿了救生衣，但这些画面还是够惊险的。让我感到欣慰的是，妮妮表现得很勇敢很镇定，也很享受这样的野外探险，情绪始终高涨饱满。勇气和热情是我希望她能够具备的品质，看来大自然不光给了她美的感受和熏陶，也塑造了她的性格。

我没有像女儿这样在大自然里走这么远，但我在养育她的这些年里已经有了很多的改变。开始时有些被动，妮妮喜欢去外边玩耍，我只好跟在后面。我"被迫"跟着这个小人儿，看花儿慢慢绽放，看果实一点点地饱满起来，我们喂小松鼠松果，跟野天鹅一起散步，我们在海边踏浪，我们也踏雪而行，在沙滩上雪地里留下了无数的脚印。

那些脚印也留在了我们的人生旅途中，而且在我们的生命长河中留下了印记。

我还是很喜欢城市生活，妮妮跟我一样，她自认为自己是一个城市女孩。不过她从城市的街道上走过，看到的不光是钢筋水泥筑造的楼房，还有建筑物间的花草树木和四季的流转。大自然的魅力同样彰显在城市里，她的自然世界落脚在乡野，也落脚在城市。

我也开始留意城市里的那些自然景象，它们是城市里流动的朝气，它们赋予一座城市永不枯竭的生命力。当我们把城市和大自然融合到一起后，我们的自然世界更加丰富更加辽阔。乡间的阡陌小径和城市的街道都延伸在四季中，都能引领我们走进大自然的诗情画意。

四季的轮回中，女儿在一天天地长大，我看到了她的变化，也看到了自己的变化。我陪着孩子在大自然中一次次地驻足、停留，看到了很多以前忽略掉的景致，感受到了那些琐碎细小的美好，体验到了很多未曾领略的乐趣。每次走进大自然，总会有一些不期而遇的喜悦和收获。

我陪伴了女儿的成长，热爱大自然的女儿又在不知不觉中改变了我。女儿在成长，我也在成长。我和女儿结伴而行，我们之间的关系在大自然中是最和谐的。回望女儿的成长，那些最美好最让我怀恋的时光多半也是在大自然中度过的。

原来恩典之路早已开始，只是我们没有记录下来，没有好好地数算来自大自然的祝福。我们从大自然中不知得到了多少福祉，因为不需要回报，不需要礼尚往来，我们就忽略了那些福祉的价值和恩泽。

这一次，我们希望能在春夏秋冬中走一圈，记录和呈现我们的收获。

天鹅
邀我
去散步

2. 四季之美

有了愿望后，再去野外时，我们更加放慢了脚步。慢慢地走，慢慢地看，慢慢地欣赏，慢慢地感受。

大自然从未让我们失望。我们平时看到一个有关美的词语，脑海里冒出的第一个景象往往是关于大自然的。几乎所有与美有关的字眼，在大自然里都能找到匹配的场景。一次次地走进去，可以一次次地遇见美。

我们找不到比大自然更美的地方。

春天的时候，我们喜欢在一片片花海中流连，看春天一点点一层层地盛开，天上地上都是花，大自然的美铺天盖地。

夏天的时候，我们喜欢在树林里分辨不同的绿色，光是绿色就有几十种，深浅不一的绿色又可以在光影中变幻出更多的色彩，大自然的美无比丰盛。

秋天的时候，我们喜欢登高望远，看峰峦叠嶂，看层林尽染，看行云流水，看沧海桑田，那样的壮美摄人心魄，荡气回肠。

冬天的时候，我们喜欢看纷纷扬扬的雪花从天而降，巍峨的高山奔腾的河流辽阔的城市和乡村都闪耀着银色的光芒，千里冰封万里雪飘，只有大自然才能激荡出这么气势磅礴的美。

这一场场盛大的表演美轮美奂，不需要灯光师，太阳、月亮、星星为它们打出最适合的灯光，宇宙万物之间也彼此辉映。

不需要做到栩栩如生，大自然本来就是鲜活的，那是无法复制和超越的真实。

不需要造型师，也不需要精雕细琢，生灵万物原来的模样就是最美的样子。我们对艺术品的最高评价是巧夺天工，可大自然就是奇妙的天工之作，从宏大浩繁到细微之处，大自然的美无所不包，无穷无尽。大自然的高深和精美不是人工能企及的，技艺再高，最多呈现其中的一小部分。而且，人工制作出来的东西再美，也只能截取一个静止的瞬间，四季之美却是灵动的，瞬息万变的。在这个人工无法搭建出的舞台上，四季之美没有谢幕的时候，春夏秋冬循环往复，每个季节都美不胜收。

四季之美超出了我们的想象，也超出了我们的所求所想。大自然的美是上天的恩赐，浩如烟海，又高深莫测。

这么奇妙的美必定有着丰厚的内涵，虽然我们常常走马观花，看到的多是浮光掠影，光是表层的美已经让我们目不暇接。

如果我们能在大自然中多走走多看看，能走得慢

天鹅
邀我
去散步

一些，能多看几眼，如果我们看到的不光是表层的美，如果美的景色不只停留在我们的眼睛里，美的种子能落进我们的心里，我们的生命会发生一些奇妙的改变。

我们也是大自然中的一朵花，一棵树，我们在大自然中很有可能遇见另一个自己，更真实的自己，我们的生命也可以像春花那样绽放。

百花从不争艳，花儿不懂攀比，也没有贵贱之分，它们只知道尽情绽放，哪怕无人欣赏，哪怕只有短暂的瞬间，每一朵花都让心中的喜悦开到了极致，让浑然天成的美丽美到了极致。

没有目的，没有负担，才能有这样的美，才能美得这么放肆，美得这么自然。

大自然的美最有力量，可以撼天动地，也可以抚慰人心，治愈心灵上的伤痛。

大自然的美最淡定，如静水清荷，守得住内心的清静，在深流的静水里可以开出盛大的花朵，波澜不惊，风轻云淡。

大自然的美最谦卑，美到无法超越，却并没给人留下任何的间隙和距离。人人都可以亲近，可以深陷其中。最让人感觉舒服的美，也是最大气的美。

大自然的美最长久，天长地久没有穷尽。日落也是日出，果实也是种子，结束也是开始。种子落到地上，在土壤里孕育又一轮的生命，来年又是春华秋实。

自然之美也是生命之美，生生不息，饱含希望。

当肆虐的北风吹落最后一片树叶，我们看到的是茁壮的树枝树干，层层叠叠如花瓣环抱在一起，在很深的岁月里绽放，恣意潇洒，轰轰烈烈。

树开成了花，坚韧的树枝托起了一轮太阳。我们在枯冷的树枝上看到了希望，正被冬日的暖阳照亮。

我们也可以长成这样的树。心如花木向阳而生时，太阳就在我们的心中。

3. 一样的世界，不一样的视角

大自然的美广袤无垠，浩浩荡荡，多一些视角，才能看到更多的美。

同样的风景里，成年人和孩子能看到不同的东西，感受也是不同的。

日本作家井上靖在他的散文《季节》里写道："人在幼小的时候，对季节的感觉是非常敏锐的。我在少年时代度过的真正的夏天和冬天，如今再也看不到了。"

我们希望能更多地展现四季之美，那就不能遗漏孩子眼里的大自然，"真正的夏天和冬天"。这本书里主要有两个人物，我和我的女儿妮妮，一个成年人和一个孩子。我们一起在大自然徜徉，一起描绘四季之美。这是成年人眼里的大自然，也是孩子眼里的大自然。

我喜欢跟妮妮一起去大自然，她常能看到我看不到的东西。

孩子有着丰富的想象力和细致的观察力，很多时候孩子比成年人更敏锐更敏感，可以看到细枝末节，捕捉到细微的变化，在幽微之处感知美。

孩子更有好奇心，更喜欢去发现一些新的东西。看到了，还喜欢去想一下为什么，孩子更愿意去探究大自然的奥秘。

孩子的眼睛更纯粹，大自然在孩子的眼里也是纯粹的。

孩子的心地更单纯，用孩子的眼看这个世界，这个世界单纯美好了许多。

孩子对未知的世界更有热情，他们更愿意去拥抱万物生灵。

孩子对大自然更有敬畏之心。

出去看风景，妮妮常常仰起头，仰起头来看云，看星星，看飞鸟……她在描绘大自然时也常出现仰望的视角，不仅因为孩子的个头矮一些，更主要的原因是孩子的心里有仰慕之情，敬畏之心。

成年人的视角里多了俯视、平视，也多了漠视，去野外走了一圈，什么风景也没真正看到，最关心的是今天又走了多少步，是否达到锻炼的目的。

孩子不会在乎这个，孩子的脚步也慢很多，总是走走停停，总有很多东西能吸引住他们。

我带女儿出门，几乎每次都要嚷嚷几句"快点快点"，她总是不急不慢地回一句："要有耐心。"长大成人后，我们对自己的生活越来越没了耐心。小孩子总是很有耐心，好东西要慢慢看，看完这边还要看另一边。女儿喜欢说"还没看完呢""那边还没去呢"，为了早点离开，我哄她说："下次再去，好看的东西不要一次看完，要留些给下一次。"

大人的心机还是比孩子多一些，每次我这样说，女儿会当真，跟着我恋恋不舍地离去。

可是，为什么要留到下一次呢？真的能留到下一次吗？大自然永远都在变化之中，瞬间的凝眸，已过千山万水。很多的景物，我们这辈子只有一次见到的机会，很可能没有下一次。

我后来很少再说那些话，不是被女儿识破，是我自己渐渐明白过来，能够跟孩子彼此陪伴，一起感受美和快乐，还有什么比这更重要呢？

我也在学着享受这个过程，我们来到这个世界，并不想匆匆赶路。

孩子还没有学会匆匆赶路，心里装满简单的喜悦，更容易被感动，更容易感受到宇宙万物的喜悦。

妮妮也常常平视，但那是一种对视，情感上的对视。她看到了花的美，花在她面前开得更加美丽。她闻到了花草树木的清香，她也散发出花草树木的清香。她听到了大自然的倾诉，呢喃细语，需要静下来才能听到。她跟大自然有了共情，细腻的情感，需要慢下来才能感受到。

我跟在女儿后面，也渐渐喜欢上了这种慢时光，这种跟大自然的相处方式。大自然值得我们用心体会，值得我们一往情深。

我也能看到女儿看不到的东西，生命的年轮多出几圈后，视野也更加开阔。

孩子更容易发现细节，成年人更容易看到全局。

成年人有着孩子没有的丰厚，树叶到了秋天才能丰富多彩。绿色还在，那是生命的起始。但是秋天的绿色深沉了许多，有了岁月的痕迹。经过了春天和夏天，才能沉淀出厚重的色彩。

成年人也有了更多的生活体验和感悟，看到的不仅仅是外在的美，还会有深层次的感动。

当我和女儿一起去野外时，我们常常借用彼此的视角，也常常交换心意和心情。大自然中的每一个景色都是一幅画，每一幅画中都蕴含着上天的祝福和生命的繁茂，多一些视角，多一些喜爱，可以更深入地体验大自然，看到更多的美，更多地感受到了大自然内在的美。

我和女儿妮妮一起在大自然中汲取养分，有了共同的收获，也有了共同的成长。我们用文字、摄影和绘画记录和呈现四季之美，也记录和呈现两代人共同的收获和成长。

妮妮为这本书画了十二幅画，配上十二首诗，希望这样的安排可以为这本书多保留些原汁原味。大自然是未经雕琢的，孩子的画和诗也不经雕琢，稚拙朴素，真实自然，蕴含着简单的快乐和纯真的情感，这是大自然的原生态。

作为一个有着几十年生活阅历的成年人，我在描绘自然之美的同时，也会表达和抒发一些成年人对生活的观察和感悟，对大自然的体验也是对生命的体验。

用两代人不同的视角不同的感受，可以更有层次更加全面地呈现大自然的美好和繁盛。

4. 曼妙时光，静待花开

这本书也是一个孩子在自然成长中结出的一个果实。

人生的初期犹如四季中的春天。草长莺飞，春天播下了种子，用新鲜的树叶和花朵编织梦想。种子在春天发芽，离收获还很遥远。对孩子来说，这个世界好

天鹅

邀我

去散步

大，有太多不懂的东西，不过不用着急，不用假装成熟，春天只是播种的季节，播下的种子要慢慢地生长。

一生很长，应该让孩子慢慢地长大，让春花开得久一些，让春天过得长一些，在童年和少年的记忆里，多留下些快乐，多留下些明媚的春光。

女儿出生后，初为人母的我在很多事情上是稀里糊涂的，但有件事我的想法很明确，我希望孩子能自然地成长，慢慢地长大，长成她自己的样子，做她喜欢做并且有能力做好的事情。

这一切的起点，大概就是发现孩子的天赋，发现孩子喜欢做什么，适合做什么。

在大自然中找不到两片完全相同的树叶，每个孩子都是独特的，具有自己独特的天赋。

天赋是上天赋予的特别的能力，相信每个孩子都有自己的天赋。一旦跟自己的天赋相遇，孩子很容易上手，也很容易在这方面绽放出不一样的光彩。我们能为孩子做的，就是寻找和创造这些能够发现天赋的机会。

妮妮从三岁起开始上一些兴趣班，当然最开始选兴趣班并不是为了发现天赋，更多的时候是为孩子创造玩的机会。妮妮陆陆续续学过芭蕾、游泳、足球、滑冰、手工、科学和绘画。在这些兴趣项目中，她最感兴趣也最擅长的是画画。妮妮很小的时候就喜欢画画，每年让她挑兴趣班，她肯定会选一门绘画课。

第一次去上课我就感觉到一些不同。妮妮去上大部分兴趣班时，基本上是个随大流的，跟在后面凑热闹。上游泳课时倒是很主动，但她的资质跟她的热情并不成正比，她始终没有游进最优秀的行列。而在绘画班上，从第一堂课开始她就可以一枝独秀了。老师很快对她区别对待，让她画一些跟其他孩子不一样的东西，难度高了不少，效果当然也不一样，画出来的东西越来越像那么一回事。她后来又接连上了几个不同种类的绘画班，各种画法都做了尝试，还自己在网上学了更多的本事。只要有支笔有张纸，她随时随地都可以画上几笔，而且几笔就可以勾勒出一个形象，或一个画面，传神到位。

　　妮妮后来也喜欢上了写作。虽然我自己喜欢写作，但我在这个方面从未刻意培养过女儿，我对她最大的影响大概是靠身教催发出了她的热情。我发现女儿也在奋笔疾书的时候，她已经写了不少。她开始时很可能是在模仿我，写着写着自己也喜欢上了，我在无意识间潜移默化地影响了女儿。这个影响是自然而然形成的，我发现她喜欢写作后依旧顺其自然，从未强迫过她，她反倒自觉自愿坚持不懈地写了很多东西。喜欢画画的妮妮还在文字边自配了很多插图，她可以用不多的笔画勾勒出一些栩栩如生的形象，再配上不同的表情包。

　　有天赋，还要有热情。孩子有时候具备了某种天赋，若是孩子没有表现出多少热情，也很难走下去。妮妮在八九岁时突然展露出弹钢琴的本事，我们准备推进这件事时却被她叫停，她说她擅长弹钢琴，但她对弹琴没多大兴趣。她很快就把注意力转到其他的乐器上，参加学校的乐队时，她自己选了长号，不是钢琴。等到她学会用长号吹奏曲子，她再一次半途而废，不了了之。

对于绘画和写作，妮妮一直保持着热情，并且持之以恒。到她十二岁时，把她写满故事的本子和她画的画堆积起来，比她的个头还要高。我感觉是时候让她有目标有计划地创作一些作品了。正好这个时候那朵野地里的花给了我们灵感，我问她想不想跟我一起创作一本书？她想都没想就答应下来，这是她喜欢做的事情。

做了这个决定之后，我们并没有马上动笔，在大自然中我们把春夏秋冬又细细地体验了一遍后才进入创作阶段。开始创作后我很快发现了一个问题，我和女儿都喜欢创作，我们的创作风格却是不同的。妮妮最擅长的是用幽默风趣的语言讲故事，配上俏皮生动的插图。她很少画风景，也不需要多少色彩，很多时候用一支笔就可以做到图文并茂。为了统一风格，这一次我需要她用不同的油彩去描绘色彩斑斓的大自然，风格上要温馨明快，再配上风格一致的诗歌。

妮妮又是满口答应，表现得相当自信，我心里却有些犯嘀咕，特别是在绘画上。喜欢画画的妮妮在画法上从不挑剔，我以前也是随她画，她什么都试过，但她没有专门学过油彩画。

我赶紧带她去拜师，正好是在暑假里，我希望她能利用整块的时间完成十二幅画和十二首诗。我没有逼她去上数学辅导班，只是让她画画写诗，这让她很高兴。

暑假结束前，她兑现诺言，完成了她那部分的创作。她的绘画老师说，妮妮是油彩画的初学者，等于没学走路，直接开始跑，竟然没有摔倒，还一路跑到了终点，顺利地画完了全部画作。

这样的结果让我欣喜，也并不觉得太意外。看似我们在拔苗助长，实际上瓜熟蒂落是一个自然的过程。妮妮从小喜欢阅读，她是在图书馆和书店泡大的。小孩子读的都是绘本，兼有文字和绘画，也就在写作和绘画上给了她最初的启发。她觉得亲切熟悉的东西，她才更有意愿去效仿，自己也开始写点什么画点什么。之前她虽然没有专门学过某种画法，这本书的创作对她来说是个挑战，但她各种画法都尝试过，又有创作的热情，这为她专攻某种画法打下了基础，也给了她接受挑战的底气和愿望。

妮妮还是一个在大自然里长大的孩子，她对大自然是有感情的，她愿意去表达，也知道如何去表达。她本来对色彩就很有感觉，当她渴望用色彩去展示自然之

美时，她在色彩运用上就会有独特的风采。技巧上她还
是稚拙的，表现出来的是原生态，碰巧的是这种自然的
状态和表现正是这本书所需要的。

挑战是成长的机会，耕耘之后也必有收获。这
十二幅画的创作让妮妮很有成就感，体验到物质上的东
西无法带来的发自内心的满足感。

有了这次的创作经历，妮妮也更加知道自己喜欢
做什么了。

进入初中后学校开始提供各种选修课，妮妮选修
的都是绘画、写作、设计类的课程。像电脑设计、图像
设计等也很合她的兴趣，她学起来很轻松，得心应手，
这跟她擅长画画有很大的关系，她自己也表现出主修这
类专业从事这类工作的愿望。

如果我们遵从孩子的天赋和兴趣，顺其自然地往
前走，孩子的成长线路和发展轨迹应该越来越清晰。很
多人从事了某种职业，以为是个意外，其实那不是意
外，那是水到渠成的结果。

不过顺其自然并不是让孩子野蛮生长，做父母的
也该是一个称职的园丁。要耐心地修剪枝叶，浇水施
肥，要根据孩子的需求选择肥料的种类，也不是越多的
肥料越好，在质和量上都要适度而行。

妮妮为这本书创作了十二首诗歌，对妮妮的诗歌
创作影响最大的是美国作家亨利·梭罗，不过梭罗仅仅

是以名字和作家的身份完成了这个影响，跟他的具体的作品几乎没有任何关系。

妮妮就读的初中叫"梭罗中学"，以《瓦尔登湖》的作者梭罗的名字命名。妮妮非常热爱她的学校，以"梭罗"为傲，但阅书无数的她几乎没有读过梭罗的作品。

在妮妮的阅读上我一直遵从随心所欲，她读的都是她能读进去的书，书是为自己读的，不是为别人读的，也不是读给别人看的。即使是受大众追捧的书籍，自己读不进去的话，很难触碰到书的精髓，吸收不到书中的养分。

阅读也是有时间点的，在适合自己的时间点去读一本书，才更有可能跟这本书产生共鸣。

妮妮十一岁时，有一天我看见她趴在地上聚精会神地读一本大书，那是法国作家维克多·雨果的《悲惨世界》。我是在十三四岁的时候读的这部巨著，看到十一岁的妮妮开始读这本书，好像还读进去了，我多少有些惊讶。这本书的英文版有一千多页，我不知道她能走多远。

这本大书打开没多久，又被妮妮合上了。我并没感到失望，看来她读这部鸿篇巨制的时间点还未到。即使她永远不再去读这本书，我也不觉得遗憾。有些经典，我们可能一生都没读过，这也没什么。我们不是跟所有的经典书籍都有缘分，我们找不到感觉的书，读了很可能也是白读。

我向妮妮推荐过一些书籍，但从未要求她必须读某本书。学校有时候会指定学生阅读一些作品，大家都读过才能进行课堂讨论。我没给妮妮列过书单，《瓦尔登湖》是我第一次试图让妮妮读的一本书。

梭罗的作品大多描写他从大自然中得来的体验和感悟，而我们要创作的《天鹅邀我去散步》跟《瓦尔登湖》一样出自大自然，在创作之前读下这方面的经典会有启发作用。妮妮又这么喜欢梭罗中学，经常念叨"梭罗"，梭罗的作品对她有特别的号召力，她应该有阅读的愿望。我买来两本《瓦尔登湖》，妮妮和我一人一本。我打算跟她一起阅读、讨论这本书，但她只翻看了一两页就把书搁置一边，比她读《悲惨世界》的时间还短。

一个刚进入青春期的孩子大概很难理解《瓦尔登湖》的深刻思想，她读这本书的时间点也未到。我也很快意识到，不能让《瓦尔登湖》限制我们的想象束缚我们的发挥，我们要创作的是自己的作品，无须效仿，虽然那是经典之作。

不过我在妮妮的创作过程中还是经常提到梭罗，借梭罗之名去激励她。作为一所以作家的名字命名的学校的学生，我让她仿效梭罗写点什么是个很好的理由和推动，何况她自己本来也喜欢写作。

至于将来她想不想追随梭罗去当作家，或者因为喜欢画画去当画家，她没有计划，我也没有多想。有很多的职业跟写作和绘画有关，而且，写作和绘画都是很好的业余爱好，做父母的可以为孩子未来的职业浇水施肥，也可以帮助孩子建立起一些爱好和习惯，让他们受益一生。

春天到来时到处都是花骨朵，我们不用去猜这是什么花那是什么花。花开有时，有一天我们自然会知道，这些花骨朵开出了什么样的花。女儿现在还是一个花骨朵，我希望她能做她自己，开出自己的花，结出自己的果实。不想让孩子挤到别人的路上，走别人的路会走得很累，还永远跟在别人的后面。

不光是养孩子，人生中的所有的事情不都是这样吗？

能做自己的时候，是最放松和最轻松的时候，是我们能够做到最好的时候，也是我们最能享受生命和生活的时候。

大自然里开满了万千花朵，每一朵花都开出了自己的美丽。

5.大自然的恩典和祝福

　　创作这本书对我们来说是一个祝福，这是一段美妙的旅程，也是一段安静的时光。

　　走进大自然，脚步自然而然地慢了下来。我们把大把的时间花在了大自然里，好像浪费了时间，好像失去了什么，但是一年下来，当我们回望四季，当我们回看我们拍下的照片，我们发现自然之美不仅让我们大饱眼福，而且改变了我们对待生活的态度，我们得到的要比失去的多很多。

　　生活中的我们也随之放慢了脚步，放缓了节奏，不再那么在乎数量的堆积。我们开始学着做减法，不是做加法。少做一些无谓的事情，也就少了浮躁和急功近利，生活节奏渐渐进入一种自然平和的状态。

　　大自然让我们安静下来。吵闹和喧嚣还在，只是心静耳清时，不会被噪声搅扰和吸引。

　　当我们安静下来，我们看到了不一样的风景，也看到了许多以前错过的风景。那一道道风景就在离我们不远的地方，就在我们的身边。只是，我们急着赶路，没有留意，无暇驻足，我们无数次地经过，又无数次地错过。

　　幸运的是，这一次，我们没有错过。

　　我们没有错过的不仅仅是美景。我们在这里看云蒸霞蔚，也在这里得到心灵上的抚慰。春风吹在我们的脸上，也吹进了我们的心里。不一定都是晴天，就像生活中也有很多不顺心的事情。也许去之前还有这样那样的烦忧，可是走进去后会不自觉地忘掉那些烦恼悲愁，卸下尘世的羁绊，我们在这里放松下来，轻盈起来。在这里我们可以只做我们自己，无须装样子。大自然不在意我们的任性和随意，季节更迭时，也是这样说来就来说走就走。这是一个最能让我们随心所欲的地方，留下的也都是最纯真的感动。或许只有少许，或许持续的时间不长，留到了记忆里，就有可能慢慢发酵，酿造出醇美的回忆。

今天不只有今天，今天还将是明天的回忆。

鲜花盛开，树叶缤纷，白雪落满世界，大海奔腾不息，是为了让我们看到这个世界的明媚，是为了让我们的每一天多一些快乐，是为了给我们的明天留下美好的回忆和祝福。

如果我们看过更多的美好，感受过更多的美好，我们将会更多地领受到美好。

这里不止有春夏秋冬，这里还有春夏秋冬的所有馈赠，大自然里不知藏了多少奇异的景象和美妙的祝福。

为这本书的创作做准备时妮妮度过了十三岁的生日，当时因为疫情全世界的运转都极为缓慢，很多事情都做不了。我们本来以为那是一个很黯淡的生日，可是当我们踏进生机盎然的大自然，我们在那里意外地看到了彩虹，这是上天送给妮妮的一份极为特别的生日礼物。因为这道彩虹，一个黯淡的生日变得绚丽无比，成了我们值得用一生去回味的珍贵回忆。

　　因为这道彩虹，我们更愿意走进大自然。彩虹出现时悄无声息，我们听不到，只能看到，彩虹很容易被错过。只有一次次地走进大自然，才能有机会见到彩虹。

　　　　因为这道彩虹，我们知道我们无须为明天担忧。明天不一定风和日丽，可能会有风暴，可是不经历风暴是见不到彩虹的。我们见过半彩虹、全彩虹、双彩虹，我们见过山峦间的彩虹，也见过海上的彩虹，每一道彩虹都出现在风雨之后。可遇不可求的彩虹，出现的时候，就在我们的面前。

　　也许正是因为大自然饱含希望，能够唤醒我们心底的渴望和热情，我们才愿意一次次地走进去。

　　四季之美投映到我们心里，在我们的心里开出了花，有了回响。我们再去看眼前的这个世界，自然多了一些积极乐观，多了豁达坚韧。

　　我们很难改变生活，但我们可以改变我们对待生活的态度。

　　我们用我们的脚步和眼睛丈量大自然的丰饶，用文字、摄影和绘画记录下凝眸与回望之间的四季之美。

一年多的时间里我们拍了一万多张照片，在这之前也拍过很多跟大自然有关的照片。我们从大量的图片里一点点地筛选，筛选出这本书的三十个主题，不同的角度和侧重点，组合到一起，可以从不同的层面来展示自然世界的美妙。

大自然太丰盛，我们已经看到了很多，可我们看到的只是很小的一部分。

这是幸运之事，大自然里还有更多的惊喜，更多的恩典和祝福在等着我们，我们可以在大自然中有更多的收获，可以让感动持续下去，我们对这个世界还有更多的期望和盼望。

成长也还有很大的空间，成长并不只针对孩子，成年人也可以在大自然中汲取营养，当生活更丰富更有意思，我们对待生活的态度也就会更加积极乐观。

大自然从未停止过生长，成长也是我们一生要做的一件事情。

这场自然之旅早已开始，还将继续下去。

我们无法用一本书汇聚大自然的丰盛，书里呈现的只是大自然的部分层面，只是一个起点，可是，自然之旅的起点也是祝福的起点。

大自然的恩典和祝福漫山遍野，无处不在。

书中所有的图片都是用手机随手拍下的，家常式的风景，尽在我们的身边，这是不用远行就能看到的四季之美，这是大部分读者都有可能够着和走进去的自然世界。不是世外桃源，也不是"瓦尔登湖"，不需要在野外的丛林里独自生活，不需要刻意地改变生活，可是生活会在不经意间有所改变。

这个世界有这样的一个地方，我们可以在这里看到美，感受到希望和力量，我们在这里被感动，被治愈，被温暖，被照亮……这个地方就在我们的眼前我们的脚下，这个地方属于我们每一个人，愿意亲近我们每一个人。

"天鹅"邀请我们去散步，为什么不去呢？愿我们能共赴自然之约、生命之约，一起经历和感受大自然的美好，一起接受大自然的恩典和祝福。

章珺

2021年10月

野地里的 花

那是一月份的一天，寒冬还未离去，我和女儿妮妮一起去野外散步。踏青并不只在春天，一年四季里我们都喜欢出去走走，边走边看，在大自然里自由自在地徜徉。

只是冬天里很少能看到绿色，更难看到开在野外的花了。

路上没有别人，只有树枝上挂着的几片枯叶在晃动，更显冷清。北风吹开苍茫大地，稀疏的树影下，有什么东西闪过一道亮光。我们走近一看，枯草丛中，竟然开出了一朵紫色的小花。这么冷的天气里怎么能开出

花来？我们蹲下身子仔细察看，确实是从地里蹿出的花儿。花瓣极小，却没有在寒风中瑟瑟发抖，五片花瓣都面向太阳，完全舒展开来。支撑起这朵小花的枝叶也是新鲜的绿色，细嫩的花枝，柔弱的绿叶，都是新长出来的。这样的鲜嫩只能在初春看到，我们没想到春天的花会开得这么早，春天可以来得这么早。

花儿朝我们微笑，摇曳着春天的气息。

这是谁在这里种下的花呢？我们四处看了看，四周没有住家，可是没有种子怎么能长出花来，这朵小花的种子是从哪里来的？是小鸟嘴里落下的，还是风儿吹来的？这朵不知来自何处的小花，就在这片无人看顾的草丛中安家落户，破土发芽。

我们注视着这朵野生野长的小花，心里涌动出莫名的感动。我们赞叹它的勇敢，落雪还未化

花瓣极小，却没有在寒风中瑟瑟发抖，五片花瓣都面向太阳，完全舒展开来。支撑起这朵小花的枝叶也是新鲜的绿色，细嫩的花枝，柔弱的绿叶，都是新长出来的。

尽，枯草还未转青，有更多的风雪还会到来，这朵柔弱的小花就敢全然盛开。我们也赞叹它的顽强，它出生在冰雪严寒中，又能顽强地存活下来。我们更赞叹它的勇气，它是如此的渺小，却给萧索的世界带来了生机，它将开启的是一个姹紫嫣红万物复苏的春天。

我们开始留意这样的小花。花太小，要特别留意才能看到，要用心去寻觅。当我们打开心里的那扇门，我们看到更多的花儿。同样的紫色的小花，还有蓝色的、白色的、黄色的 …… 不同的颜色不同的形状。它们多半开在野地的草丛中，我们在大树下很少能看到它们，它们好像并不需要大树的庇护。可是在一些枯树边我们常能见到它们的踪影，这些小花让那些倒在地上的枯树枯枝又焕发新生，有了新的生命力。最让我们惊奇的是它们也开在石子路上或石头缝里，我们甚至在岩石上见到过这样的花。

这些野地里的花，没有人为它们浇水施肥，它们吸收的是大自然的养分，它们得到的是造物主的眷顾。它们不用择地而生，无须为明天计划，它们跟天上的飞鸟一样无忧无虑，尽情绽放着欢颜吐露着芬芳。

这样的小花越来越多时，大地已是春光无限。繁花簇锦，压弯了枝头，也吸引了几乎所有的目光，这些野地的花更加不起眼。可我们望向那些被人遗忘的角

我们一次次地被这些平凡的小花吸引和感动，野地里的花都能有这么丰盛的生命，我们的生命之树不是应该更加繁茂吗

天鹅
邀我
去散步

天鹅

邀我

去散步

落，总能看到这些野花的身影。它们依旧盛开，不是为了跟百花争艳，只是想唱出只有它们自己才能唱出的歌谣。每一朵小花都微不足道，却又无可替代。当它们铺满大地，每一朵花更是弥足珍贵，像是不经意的小小的善意，汇聚到一起，就是一条温暖的河流。

它们也是春天的一道风景。

等到树枝上的春花落尽，野地里还开着花。春天似乎已经离我们远去，这些野地里的花却告诉我们，春光还在，可以长留大地，长留心间。

我们一次次地被这些平凡的小花吸引和感动，野地里的花都能有这么丰盛的生命，我们的生命之树不是应该更加繁茂吗？

世间最美的花开在春天，春天最美的花开在野地里，那是春天最初的色彩，也是春天永远的色彩。小小的枝头上晃动着明媚的光芒，它们不仅仅为这个世界增添了色彩，籍籍无名的花儿也可以成为祝福。它们漫山遍野地绽放，祝福了大地，也祝福了大地上的万物生灵。

捉迷藏

　　当春天还是个小孩子时，春天很调皮，喜欢跟人玩捉迷藏。

　　我带着妮妮去野外找寻春天的踪影，远远看到一片绿色，空旷的草地上，草儿已经转青，春天真的来了。我们疾步向前，急着去跟春天打招呼。可我们走到近处，眼前铺展的还是稀疏的枯草，转青的草儿被淹没在上一年的枯叶中，这么沧桑的面孔不是春天的模样。

　　我们走进树林，树枝上有了新鲜的绿芽，小小的花骨朵正含苞待放。我和妮妮都很欣喜，这是春天的踪迹，春天一定回来了。我们左顾右盼，嗅到了一股清香，若有若无的气息倏忽而去，我们来不及判断这是花香还是从泥土里散发出的芳香。我们似乎听到了小鸟的鸣叫，很清脆的声响在林间回荡。不知道这是只什么样的鸟儿，是杜鹃还是喜鹊还是报春鸟？我们竖起耳朵仔细辨别，可是鸟儿早已飞远。

我们走到河边，水好像绿了，河里流淌着一波春水。妮妮和我把手放进水里，还是彻骨的寒凉。我们伫立河边，有些失望，春天还未到来。

　　几只小鸭子从远处游过来，爬到躺卧在河里的一根苍老的树干上，排成一排晒太阳。它们扭过头来告诉我们，河水明明已经回暖，有了春天的气息。一阵风儿吹过，吹拂着我们的面庞，风里确实没了冬天的寒意。转青的小草，即将绽放的花朵，还有树梢上的鸟儿都是春天的使者，它们告诉我们春天已经到来，春天是个调皮的孩子，喜欢跟我们捉迷藏。

　　袅袅清音起，春天的气息在我们的四周萦绕。春风温柔，却吹醒了我们，我们也跟春天玩起了捉迷藏。那个调皮的孩子钻进了我们的身体，我们的心情舒畅起来，身体也轻盈起来，充满了活力。春天的第一缕气息第一道春光，不是看到的，不是嗅到的，不是听到的，而是我们感觉到的。

　　我们感觉到了春天感觉到了希望，春光无限，希望无限。

天鹅

邀我

去散步

枯木逢春

大自然并不只有表面的那些景象。

也许是大自然太丰盛，表面的风光就足以让我们眼花缭乱，我们很容易忽视一些内在的东西。可是当我们走得慢一些，完全沉浸在乡野时，我们会收获额外的馈赠和感悟。

在很少有人踏足的树林里，我们有时会看到一棵枯树或一截枯木。枯树无力地靠在旁边的树上，离开了那个支撑，这棵枯树一定会轰然倒下。有的树只剩下树根，还有的树是活的，却死气沉沉，树干树枝都是枯黄色，无精打采。那些枯木都躺卧在地上，小半个身体埋在土里，也有的浸泡在溪水边。这些枯木都足够大，并不是瘦弱的小树枝，它们是树的主干。这些树活着的时候，很有可能是参天大树。

有些梦想，我们以为再无实现的可能，可它们也有可能枯木逢春，用另外的一种方式得以实现

天鹅
邀我
去散步

　　它们好像被遗弃在这个荒凉的地方，落寞地隐居在寂静的树林里。我们猜想这些枯树枯木已无法感知四季的变化，它们早已死去，这样也好，它们感觉不到寂寞。

　　初春时节，我们从它们的身边走过，竟然看到那些枯木枯枝上长出了新鲜的绿芽。这不是长在枯木上的跟枯木相守了很久的绿苔，而是刚刚涌动出的簇新的绿色。我们再过几天去看，新长出的枝条上缀满了绿叶。有的开放在树根里，那个遗留下来的树根成了一个很好的大花盆。有的紧贴在树干上，让了无生气的大树又有了朝气，焕发出青春的光彩。有的散落在枯木的四周，枯木成了它们的家，这些新

也许是大自然太丰盛，表面的风光就足以让我们眼花缭乱，我们很容易忽视一些内在的东西

生的枝叶偎依在枯木边，像孩子偎依在母亲的身边。在阳光和雨水的滋润下，它们像孩子般茁壮地成长。

枯木也有春天，春天到来时，它们也可以开枝散叶。有些事情，我们认为已走到尽头，不经意间又看见了新的枝叶；有些梦想，我们以为再无实现的可能，可它们也有可能枯木逢春，用另外的一种方式得以实现。

大自然蕴含着无限的能量，孕育着蓬勃的生命力，春天总会到来，枯木也可以重获生机，枝分叶散，成就又一轮的成长，大自然就是这样生生不息，人类的世界不也是这样吗？

春花盛开，如约而至

春暖花开时，一朵朵盛开的鲜花像是一个个音符，奏响了大自然的华彩乐章。

和煦的春风吹奏着欢快的曲调，五彩缤纷的花儿在风中翩翩起舞。它们的表情可爱又丰富，笑容灿烂，摄人心魄。它们的歌声轻柔又奇妙，声动大地，余音袅袅。这场盛典还是有味道的，芬芳的气息四处弥漫，空气也香甜起来，我们在花海中走过，可以醉倒在花香中。

迎春花是初春最鲜亮的颜色。单看一朵花时，小小的迎春花并不出众，花叶极小，还有些柔弱，可是当这一朵朵小花成片地簇拥在花枝上，谁都无法忽视它们的存在。那种新鲜的淡黄色，像是刚出生的小鸡小鸭子的绒毛。满眼的嫩黄，是刚刚破壳而出的生命。

这些花儿知道它们一定会绽放，犹如温暖的春天一定会到来。这是大自然给我们的承诺。花开有时，如约而至。每一个生命，都有盛开的时候

天鹅
邀我
去散步

我们的目光还未从迎春花上移开，别名"望春花"的玉兰花也在悄然开放。大朵的白色粉色红色的玉兰花一经开放就散发着耀眼的光芒，我们在野外好久未见这样的绚丽了。

　　玉兰花在外形上很像莲花，仔细看它们有很大的不同，莲花是娇羞的，玉兰花开得很大方很勇敢，花瓣努力伸向四方，鲜润饱满。不同季节的花注定会有不同的姿态，玉兰花开时春天还未完全到来，开得最绚烂的时候常常会碰上倒春寒，玉兰花又是开在树上，身在高处要面对更严峻的风寒，玉兰花依然在寒流中挺立，在无限春光即将开始的地方决绝地盛开。

　　玉兰花的花期很短，可是玉兰花开出了春天的色彩，更开出了春天的气势。

　　有了迎春花的"迎"和玉兰花的"望"，有了玉兰花一往无前的勇气，春天加快了到来的脚步。光秃秃的树枝上冒出一个个花苞，一个接一个地吐露花蕊，就在不经意间，桃花、樱花、梨花、杏花、海棠一树树地绽放，大团大团的粉色和白色遮天蔽日，春天就这样一点点一层层地盛开了。

花儿开在春天里，春天开在花朵中。天上飘着花做的云，落到了地上，是一簇簇的杜鹃、水仙、牡丹、芍药、月季，还有很多叫不出名字的花，都赶来参加这一年一度的盛大的花会。只有春天的花能做到铺天盖地，天上地上都是花，春天的花最有资格来举办这场盛会。

被称为"花后"的郁金香姗姗来迟，郁金香不愧为花后，一种花就能开出春天的千姿百态千娇百媚。紫的高贵，红的热烈，白的纯洁，黑的神秘，粉的柔美，黄的明艳，郁金香有着最丰富最美丽的花色，还有很多郁金香是双色的，两种花色拥抱在一起，美得摄人心魄。

可是郁金香并不知道它们的尊贵，"花后"是世人为郁金香戴上的皇冠，郁金香开在低矮的地上，只是默默地欢喜。大自然里没有选美比赛，百花并不争艳，花儿不懂攀比，也没有贵贱之分，它们只知道尽情绽放，哪怕无人欣赏，哪怕只有短暂的瞬间，每一朵花都让心中的喜悦开到了极致，让浑然天成的美丽美到了极致。

这些花儿像是约好了，都在同一个时间绽放。一拨接一拨地绽放，会有重叠，但不会完全凑到一起。它们不急不慢，它们知道它们一定会绽放，犹如寒冷的冬天一定会过去，温暖的春天一定会到来，这是大自然给我们的承诺。花开有时，如约而至。每一个生命，都有盛开的时候。

花海之中是人海，赏花的人也不急不慢，走走停停，这么多的花，只能慢慢看。看到的，是一张张纯净的脸，每一张脸上都是满满的喜悦。

那一刻，我们的心里也开出了花，我们的心情像春花一样露出笑脸，快乐地绽放。

春暖花开时，一朵朵盛开的鲜花像是一个个音符，奏响了大自然的华彩乐章

春天的 **味道**

　　春天的景万紫千红，春天的花芬芳馥郁，春天还在我们的舌尖上，有着丰美的味道，在春季我们可以吃到大自然馈赠的各种鲜嫩的美味。

　　迎来了春天的玉兰花是春天的第一道美景，也是第一道美味。我们可以捡起落在地上的花瓣，回家去做玉兰饼或玉兰糕。玉兰糕是春天的时令甜点，蒸发糕时放上新鲜的切成丝的玉兰花，蒸出来的就是飘着花香的玉兰糕。这样的花糕香甜爽口，做花糕和吃花糕都很有仪式感。玉兰饼更具烟火气，用面粉裹上玉兰花瓣，再用油煎，煎至金黄色。同样的办法还可以做槐花饼和榆钱饼，都是清香的春天美味。

　　最有味道的是春笋，春笋是春天的菜王，自然而生的春笋不光味道鲜美，还别有情趣。有次朋友红送来一篮子春笋，她刚从地里挖出来，

天鹅

邀我

去散步

还沾着泥巴，剥开后，一棵棵青翠如玉，我从未见过这么新鲜的春笋。曾经以为春笋只长在中国，没想到早就传到了北美大陆。春雨过后，春笋在竹林里破土而出。有些人家的房子边有竹林，他们的院子里也会长出春笋。不耕不种，也能收获了春笋。

我起了个大早，跟着红去她家四周挖春笋。我们走过一片竹林，竹叶在清晨的风中沙沙作响。竹子都长得很高，高高的竹子下冒出一些尖尖的小脑袋。

红说这边的春笋很瘦小，来挖春笋的人都不会动它们。我们穿过竹林走到竹林的另外一面。这一边很敞亮，阳光洋洋洒洒地倾落下来，落在一棵棵胖胖的春笋上。春笋散落在青草丛中，很少有单个的，经常是好几个凑到一起，看来我们今天要满载而归了。红说前两天她来这里散步就看到了这些春笋，有意给我留着，让我过把挖春笋的瘾。

我在山东长大，长大的地方没有春笋，这是我这辈子第一次挖春笋。跟着红来挖春笋并不只为吃，更是想来感受这份特别的喜悦和惬意。

春天的景万紫千红，春天的花芬芳馥郁，春天还在我们的舌尖上，有着丰美的味道，在春季我们可以吃到大自然馈赠的各种鲜嫩的美味

红教我如何挖春笋，并不是我原来想象的连根
刨出来。她带了两把水果刀，一人一把，在春笋和地
面接触的地方用小刀把春笋割下来。春笋很嫩，割的
时候不用使多大的劲，操作很简单。红和我一人拎一
个布袋，没用多长时间两个布袋里躺满了春笋。我们
没把春笋都挖掉，后面还会有人来，留着给他们。好
在春笋长得很快，一茬茬长势喜人。

　　　　不过能挖到鲜嫩春笋的时间并不长，红说
只有十多天的时间。
　　挖好春笋，我留一部分犒劳自己，送一些
给朋友。朋友们也都如获至宝，这可是家乡的味
道。收到春笋的朋友做了油焖笋，又来回送。
　　我刚送出去一些，另外一个朋友又送来一
些她刚挖的春笋。我们互相交流着做春笋的菜

阳光洋洋洒洒地倾落下来，落
在一棵棵胖胖的春笋上。春笋
散落在青草丛中，很少有单个
的，经常是好几个凑到一起

天鹅

邀我

去散步

谱。春笋在哪个菜系里都是受欢迎的食材，荤素皆
可，炒、焖、煲汤都是美味佳肴，朋友们来自天南地
北，自然有不同的做法和高招。

　　春笋时节大家多了走动，多了热情，多了热闹。
　　红还教我如何冷藏春笋，可以把春天的味道留得
长一些。红在辽宁沈阳出生长大，她爸爸是浙江人，红
小时候听父亲常常念叨春笋，也吃过家里亲戚从浙江
老家寄来的干笋，新鲜的春笋长在父亲对家乡的怀念
里，她自己并没吃过。红也是现学现卖，冷冻春笋的办
法是她从一个四川来的朋友那里学来的，我也跟着如法
炮制。剥好洗好后滚刀切块，在滚开的水里过一遍，滤
水拧干，最后一步是晒干。我想起了小时候放饺子或面
条的莛秆做的锅拍儿，可惜家里没有这些装备。我盯上
了家里最大的那个烤箱烤盘，把处理好的春笋平铺在上

面，拿到阳台去晾晒。妮妮和妮妮爸好奇地看着我忙前忙后不亦乐乎，妮妮建议我用电吹风吹干，妮妮爸说我可以用烤箱烤干，我坚持用日晒，小时候我们做这类事情，不都是靠太阳公公嘛，而且风干晒干的春笋更能留存住春天的味道。

我告诉妮妮，我们不用着急，我们要等着春笋慢慢晾干。

第二天，妮妮早上起来，太阳也起床了，妮妮帮我把春笋端到了外面。

生活里突然间多出些事情，日子突然间慢了下来。

也可以出去挖野菜。

小的时候到了春天，我总会挎上小篮子，跟小伙伴们出去挖荠菜，然后跟妈妈一起包荠菜水饺。我也去捡过槐花，风风火火地带回家，等着妈妈为我煎槐花饼。等到知了龟出来，小孩子们晚上都喜欢出去摸知了龟，第二天的饭桌上就能多出一道金灿灿的油炸知了龟。我找知了龟的本事不大，常常是忙活一个晚上才能找到一两只，可是每次小伙伴来叫我，我总是想都不想就跟着去了，乐不颠儿地在这上面花大把的时间，对孩子来说玩比吃还重要。

那时候有大片的粮田和野地，那时候的小孩子有足够的时间去野外玩耍。

现在的孩子不觉得这些是美味了，不过真能有时间带他们出去，他们跟当年的我们一样开心，那里有不一样的乐趣。

跟在孩子后面，很多童年的记忆又回来了。看到的是相似的花相似的树，我和妮妮的反应也是相似的。

小孩子还能捕捉到一些我们在童年时漏掉的情致，在现代化的城市长大的孩子，对大自然并不是一无所知。

他们可能没吃过槐花饼，可他们也知道些我们不知道的事情。

走过一棵花树，妮妮停下脚步，摘下一片花叶，用舌尖舔了下。她告诉我这是金银花，我这才注意到树上开满了金花银花，这才知道金银花树长这个样子。

妮妮又摘下一片金银花，递给我，让我尝尝，她说用嘴巴咂一咂，能咂出甜味。原来她也知道春天是有味道的，原来她已经尝过春天的味道。

我拿起那片金银花，放到嘴里，倏忽之间，春天又多出了一种味道。

春·

童年和少年

人生的初期犹如四季中的春天。

早春时节，空荡荡的树枝上冒出了花苞，像是母腹里的婴儿，蜷曲着身体，分不清脑袋和四肢，小身子抱得很紧。慢慢地，小小的身体朝外伸展，花儿含苞欲放。

一声春雷，是婴儿的第一声啼哭，响亮高亢。

孩子爱笑，春天的花也喜欢绽放笑颜。

孩子是柔软光润的，春天的枝叶也是柔润的。

孩子的脸上没有一丝皱褶，春天的花和叶子也光滑如玉。

孩子的眼睛是明亮纯净的，岁月还没有在那里留下踪影，春天也是清亮轻盈的，遍地清新，光鲜夺目。

孩子牙牙学语，用稚嫩的童声唱起"春天在哪里"，春天的鸟儿也开始啼鸣，嘀哩嘀哩地唱着儿歌。

孩子蹒跚学步，春天万物萌动，很多的小动物在

草长莺飞，春天播下了种子，用新鲜的树叶和花朵编织梦想。种子在春天发芽，离收获还很遥远

天鹅

邀我

去散步

春天来到这个世界，小鸭子小天鹅也在学走路，走起路来也是一摇三晃憨态可掬。

孩子充满朝气，春天也给人生机勃勃的感觉。

孩子活泼好动，春天也是坐不住的，闲不下来。春天撬开了冰封的河流，欢腾的河水融化了最后一块坚冰，万千树木抽出绿芽，缤纷的花朵争奇斗艳。

……

望着孩子，犹如望着春天。

望着春天，犹如望着孩子。

孩子笑了，春风般温暖，化解了忧愁和哀伤。孩子的心里也没有皱褶，心地单纯，没有做作和虚伪，孩子笑起来，春水般清澈。

草长莺飞，春天播下了种子，用新鲜的树叶和花朵编织梦想。种子在春天发芽，离收获还很遥远。

孩子睁大眼睛望着这个世界，世界好大，有太多不懂的东西，不过不用着急，不用假装成熟，春天只是播种的季节，播下的种子要慢慢地长大。

应该慢慢地长大，让春花开得久一些，让春天过得长一些，在童年和少年的记忆里，多留下些快乐，多留下些明媚的春光。

饱含希望的年纪，饱含希望的季节。天真无邪的孩童的笑声，春光一般洒满了大地。

鸟蛋 和 蘑菇

有一次去朋友劳瑞家，劳瑞问我们，你们知道我的烧烤炉里有什么吗？

几个人正散坐在门外的庭院吃饭，我看了眼院子里的烧烤炉，这个铁家伙很安静地待在一边，没看出什么异样。我和女儿妮妮猜了几样东西，都没猜中。

劳瑞拉开烧烤机的盖子，我们看到里面有个完整的鸟巢，太出乎我们的想象了。我们怎么也琢磨不出来，鸟儿是怎样钻进这个铁匣子的，还是衔着树枝一次次地进入，才能筑起这个鸟巢。

劳瑞说，小鸟也在她家的信箱上建了个小巢。我们跑过去看，一个小号的鸟巢稳稳地落座在窄窄的邮箱上。邮箱好像长出了头发，煞是可爱。

小鸟也来过我们家。

有一天妮妮放学回家，眼尖的她发现我们家来了客人。窗户和花丛的中间，有个小鸟趴在那里，有些紧

天鹅

邀我

去散步

张地望着我们。这只鸟儿有着灰白相间的羽毛，妮妮说这是只野鸽子，我觉得又像又不像。我们不能确定鸟的品种，能确定的是这只鸟不急着离开，见到我们没有马上飞走。妮妮试着靠近这只小鸟，观察了一小会儿，她欣喜地告诉我，鸟的身下有鸟蛋，原来这只鸟在孵小鸟呢。小鸟选中我们家，我们觉得好荣幸。

那几天里妮妮天天惦记着鸟妈妈和即将出生的鸟宝宝。她把面包揉碎，放到小碟上，再端上一碗水，摆放在鸟妈妈的面前。邻居也看到了这只小鸟，建议妮妮把面包屑换成专用的鸟食。妮妮赶紧照做，小心翼翼地呵护着我们的客人。我告诉妮妮不要过多地打扰客人，把吃的喝的留下后就应该离开，这样它才有可能吃点喝点。妮妮很想亲眼看着小鸟的出生，但她怕小鸟不吃东西会饿着，只好忍住自己的好奇心，不去搅扰它，只是每天去给小鸟换上新的饮食。小鸟跟妮妮熟络起来，妮妮端着碗碟走过来时，它只是用眼睛看着妮妮，身体很放松地瘫在草丛间，不再担心妮妮去动那两个鸟蛋。

几天后的早上，我们发现鸟妈妈不见了，两只鸟蛋也不见了。这么说小鸟已经出生，已经可以飞起来，飞去一个广阔的天地。

来年的春天，我们又看到了一只小鸟，在同一个地方孵小鸟。这只鸟儿跟去年那只长得很像，不知是不是同一只鸟。连着几年都有鸟儿来我们家的花丛草丛间抱窝，一到春天，妮妮就盼着鸟儿的到来。

曾有一只小乌龟，每年春天也来拜访我们。它只是路过，并不留宿。这只可爱的小乌龟有时出现在我们的门前，有时是在树林边的草丛间。见到我们后它停下脚步，转悠着小脑袋，很友好地跟我们打声招呼，打个照面后就离开了。

妮妮和我也很喜欢去野外拜访各种小动物，我们最喜欢去有绿树有流水的地方。茂密的树林是很多小动物的家园，最常出没的是鹿和松鼠。小松鼠一向活泼好动，几乎没有停下的时候，总是在蹦来蹦去或爬上爬下。有的小松鼠喜欢在树上荡秋千，松鼠的后肢比前肢长，荡秋千不用秋千架，后爪和毛茸茸的大尾巴倒吊在树枝上就可以尽兴地玩了。它们的脑袋和前身在我们的头顶荡来荡去，我们很是羡慕，那是我们没有的本事。

鹿相对安静得多，很多时候，不是鹿在我们面前悠然走过，就是我们在鹿的面前走过。有次在树林里漫步，往回走的人告诉我们，前面有头鹿在睡午觉。妮妮顿时来了兴致，一路找去，真的找到了那头打瞌睡的鹿，趴在不远处的草丛里，我们只能看到鹿的后半身。妮妮想到近处瞅瞅，被我拦了下来，我怕搅了鹿的好觉。很快又来了几个寻鹿人，我们指给他们看鹿在哪里，看到鹿后几个人都很兴奋，说话的声调高了上去，妮妮赶紧嘱托大家要安静，别把鹿吵醒了。几个人做出恍然惊醒的表情，不光压低了声音，还蹑手蹑脚起来。

我们也看到过鹿群的奔跑。有次我和妮妮正在空旷的树林边转悠，突然听见很大的声响，犹如狂风吹来。我习惯于鹿的安静，开始时没想到这动静是鹿弄出来的，还没明白过来是怎么回事，六七头健硕的鹿从我们面前奔跑而过，很有千军万马驰骋沙场的气势。我端起手里的手机想拍下它们的雄姿，可它们奔跑的速度太快，我的手机只追上它们的背影，它们闪电般钻进了远处的树林。

有些小动物生活在水里。

树林里多半会有小溪流，潺潺流过。溪水清澈见底，水下的卵石和飘动的水草都清晰可见。穿梭其间的是小蝌蚪，它们在水里游来游去，小尾巴划出一个个涟漪，把死水变成了活水。妮妮学过这方面的知识，知道蝌蚪会变成青蛙，她很想亲眼看到这个变化。可是小蝌蚪变成青蛙要两三个月的时间呢，不可能一下看到全过程。后来我们找到一个办法，我们观察蝌蚪的不同形状，把不同形状的蝌蚪组合到一起就能拼接出这个过程。我们找到了纺锤形的蝌蚪，那是刚孵化出的婴儿。我们也找到了鱼形的蝌蚪，这样的蝌蚪已是少年。我们再去找只

在很长的时间里我们以为蘑菇花只有一种
颜色，可那三朵可爱的小蘑菇是红色的，
娇艳欲滴的红色。它们开在枯叶枯枝旁，
个头很小，一片稍微大一些的树叶就可以
遮盖住它们。那片落在它们身边的树叶大
概不忍心遮住红蘑菇的容颜，悄然守在一
边，成了护花使者

天鹅

邀我

去散步

有后肢的蝌蚪，蝌蚪变青蛙要先长出后肢，水里果然有拖着两条后腿的蝌蚪。再往下的那一步有点难，蝌蚪长出前腿后就是一只幼蛙了，变成了青蛙的蝌蚪不太会待在水里，它们要去外面的世界游逛。妮妮很耐心地在溪水边的草丛里寻觅青蛙的踪影，总能找到还未远行的青蛙，她也就完整地凑齐了蝌蚪变青蛙的全过程。

灌木丛也是很多生灵的栖息之地。

走在树林里，我怕碰上蛇，不愿偏离脚下的小路。我们在这阡陌小径上也遇上过蛇，但这里比灌木丛里少些风险。妮妮根本不怕蛇，好奇心又特别重，她走着走着就歪进了路旁的灌木丛，有的时候我只好跟着她往里走。灌木丛都是野生野长，没人来栽培，也没人来打理，反倒保存了大自然的原生态。这里有各种奇花异草，那些奇异的花草树木很快就吸引住我们全部的注意力，我忘掉了对蛇的恐惧，跟妮妮一起东瞧瞧西看看，看到什么新奇的东西我们自然要发出赞叹，树林里草丛间回荡着我们的欢声笑语。

我们在这里见到了三只蓝色的鸟蛋，安静地拥卧在枝叶下的鸟巢里。鸟巢的做工很讲究，外面一圈是坚固的粗枝粗叶，里面一层选用的是柔韧性很好的纤细的枝条。几片肥大的树叶为鸟巢遮风挡雨，筑巢的鸟儿又很精细地留出恰到好处的空隙，阳光可以洒落到鸟巢的边缘，外面那层枝叶上游弋着太阳的光斑，温暖又明亮。鸟巢的枝叶都已枯黄，蓝鸟蛋却新鲜明媚，散发着温润的光泽。

这是北美知更鸟的鸟蛋，鸟蛋的颜色是我们在生活中极少能看到的蓝色。经典品牌蒂芙尼从这里得到灵感，调制出很接近鸟蛋蓝的蓝色，这是蒂芙尼礼盒和部分首饰的专用蓝色，我们由此称之为蒂芙尼蓝。有人说这种蓝色代表着幸福，看到这种蓝色就看到了幸福。我们静静地看着这三只蓝鸟蛋，的确感觉到了幸福。一种由内而外的喜悦一点点地散发出来，我们浸润在无以言说的美妙的满足中。这是一种很安静的幸福，只在我们的内心涌动，像是这种蓝色，美到极致，却并不张扬，这样的美和感动才能持久。

野地里还有红色的蘑菇。野生蘑菇一般不能食用，倒是有着很强的观赏性。它们开在树上树下或青草丛中，点缀了风景，烘托了气氛，我们更喜欢称它们为蘑菇花。我们看到的蘑菇花几乎全是白色的，有大有小，有连成一片的，也有独自开放的，形状各异，颜色却很统一。在很长的时间里我们以为蘑菇花只有一种颜色，可那三朵可爱的小蘑菇是红色的，娇艳欲滴的红色。它们开在枯叶枯枝旁，个头很小，一片稍微大一些的树叶就可以遮盖住它们。那片落在它们身边的树叶大概不忍心遮住红蘑菇的容颜，悄然守在一边，成了护花使者，落在地上的松针则成了红蘑菇的绿叶，有了树叶和松针的陪伴衬托，这三朵红蘑菇开得更加无拘无束，更加光彩夺目。

后来我们发现，这个世界还有蓝蘑菇、绿蘑菇，有高贵的紫色蘑菇，有鲜艳的橙色蘑菇 …… 蘑菇花几乎可以呈现所有的色彩。有的蘑菇是透明的，有的蘑菇晚上可以发光，有的蘑菇开出了花瓣，犹如盛开的花朵。更神奇的是，有种鸟巢蘑菇很像我们看到的鸟巢，有种蘑菇的蓝色竟然跟鸟蛋蓝如出一辙。

大自然无比神奇，不知道藏了多少奇异的景象。

那些不同颜色不同形状的蘑菇花是不同的人在不

同的地方找到的，我们只见过图片，还没有亲眼见过，美轮美奂的蘑菇花牵引着我们迈出更多的脚步，走向更远的地方。大自然里不光有蓝鸟蛋和红蘑菇，还有很多的奇珍异宝，等着我们去找寻去欣赏。

诞下蓝鸟蛋的知更鸟象征着希望和重生，预示着新的开始和美好的事物即将到来。每次走进大自然，即使遇不上知更鸟，看不到蓝鸟蛋，我们也能感觉到希望和快乐，造物主的恩典无处不在。我们流转在万物生灵间，仿佛有了新的生命，每一次都是一个新的开始，总是有意外的惊喜等着我们。我们每一次都能得到祝福，每一次都是满载而归，内心充盈，装满了喜悦。

Amerina's Spring 妮妮眼里的春天

天鹅
邀我
去散步

Flower in the Withered Grass

by Amerina Miller

Cold winter day,

Withered rusty grass,

With a purple bright happiness,

Right in the middle.

Pure shiny flowers,

Brighten the day.

Grass is greening,

Spring has sprung.

天鹅
邀我
去散步

野地里的花

章珺　译

冬天还未离去，

草儿无精打采，

枯草丛中，

蹦跳出紫色的喜悦。

纯洁闪亮的花朵，

照亮了草地，

照亮了灰蒙蒙的一天。

小草开始变绿，

春天已在跳动。

Blooming as Promised

by Amerina Miller

Flowers blooming spring,

Merry and bright.

They promise they come,

And now they come.

Lovely passion, amazing beauty

Around us.

The world blooming with glory all over,

With the brilliant sunshine sparkling,

Lighting up the horizon long and wide.

Wonderful and fragrant flowers,

Bloom the eternal power.

This is the best part of the nature,

My favorite.

The best is always waiting for us,

The favorite is always there in every year.

天鹅
邀我
去散步

天鹅

邀我

去散步

春花盛开，如约而至

章珺　译

春暖花开，

欢快又明亮。

它们说过它们会来，

它们真的来了。

让人愉悦的热情，

让人惊叹的美丽，

就在我们的身边。

世界遍地迸发异彩，

在灿烂的阳光中闪耀，

辉映着漫长辽阔的地平线。

美妙芬芳的花朵，

绽放永恒的力量。

这是大自然的佳美盛景，

怎能不让人流连。

最好的永远在等着我们，

最美妙的风景每年都在这里。

天鹅

邀我

去散步

Blue Bird Eggs and Red Mushrooms

by Amerina Miller

Do you know the blue bird eggs hiding in the bushes?

Do you see the red mushrooms blooming on the branch?

Heading to the nature,

Singing the song with colorful birds,

Feeding the nuts to the lovely squirrel,

Chasing butterflies all over the day,

Finding the fireflies that shine at night.

Canadian geese walk by with their adorable goslings,

A mama deer with her sweet baby rest by.

Nature is a miracle,

And full of precious surprises.

天鹅
邀我
去散步

蓝鸟蛋和红蘑菇

章珺　译

你知道灌木丛中藏着蓝鸟蛋吗？

你看到树枝上冒出的红蘑菇吗？

快快走进大自然，

跟五颜六色的鸟儿一起歌唱，

喂古灵精怪的小松鼠吃坚果，

白天追逐飞舞的蝴蝶，

夜晚找寻发光的萤火虫。

加拿大鹅带着它们的小鹅走过，

鹿妈妈和她可爱的宝宝在小憩。

大自然呀真神奇，

到处都是珍贵的惊喜。

绿荫入

不知道是鸟儿唱绿了树林，还是树林的绿色吸引了成群的鸟儿来唱歌。当我们听到树林里的啼鸣此伏彼起，看到枝繁叶茂绿树成荫，我们知道我们从春天来到了夏天。

绿色覆盖了树木和草坪，延绵不绝。白天时我们喜欢坐在树荫下做会儿白日梦，晚上我们喜欢躺在绿草坪上数天上的星星。

我们最喜欢的是在树林里分辨不同的绿色。橄榄绿、薄荷绿、柠檬绿、葱绿、茶绿、豆绿、苹果绿、森林绿、湖绿、草地绿、苔藓绿、荧光绿、松石绿、玉石绿、水晶绿、孔雀绿……不同的绿色在夏季呈现，那是生命的不同层面。

光是绿色就有几十种，大自然究竟有多丰厚？

每一种绿色又深浅不一，暗绿、浅绿、淡绿、

不同的绿色在夏季呈现，那是生命的不同层面。光是绿色就有几十种，大自然究竟有多丰厚

天鹅
邀我
去散步

绿色充满了活力和能量，是特别活泼的色调。绿色又是稳重安定的，具有相当强的协调性，大自然的万千色彩中，绿色最有担当。绿色是温柔的，也是强健的，可以治愈心灵，也可以焕发希望。据说绿色还能发出声响，在所有的色彩中绿色的声调最高、最大

天鹅

邀我

去散步

中绿、深绿……

还有混合了其他颜色的绿色，青绿、蓝绿、黄绿、灰绿、橙绿、褐绿……

绿色不是静止的，一直在变化中，同一片草地上的同一种绿色，在光影中可以变化出不同的色彩，变幻无穷。

清晨的绿色是清润的，像是刚被水洗过，花叶草叶上还挂着水晶绿的露珠。

等到太阳升起来，枝叶上发出了淡绿色的亮光；蝴蝶在林林总总的绿色间飞来飞去，翅膀熠熠生辉。

烈日当空的正午，树荫下是翠绿色的荫凉；阳光透过繁茂的森林绿倾落下来，阡陌小径上满是斑驳的树影。

到了傍晚，绿色渐渐由浅入深，夕阳之下，草地是橙绿的暖色。

夜晚的草丛里也有绿色，萤火虫在那里忽闪着黄绿色的光；街灯亮起，透过墨绿色的枝叶发出光来，婆娑的树叶仿佛透明一般，晶莹剔透。

若是来一场酣畅淋漓的雨，雨过之后可以看到大片的浓绿，朝气蓬勃，生机盎然。

绿色充满了活力和能量，是特别活泼的色调。绿色又是稳重安定的，具有相当强的协调性，大自然的万千色彩中，绿色最有担当。

绿色是温柔的，也是强健的，可以治愈心灵，也可以焕发希望。

据说绿色还能发出声响，在所有的色彩中绿色的声调最高、最大。

我们屏声静气，听绿色的呢喃细语，听绿色的浅唱低吟。云雀和画眉在灌木丛中大声唱歌，在茂密的绿色中有了清晰的回响。

落在草地的 星星

夏天的夜晚，我们喜欢出去看天上的星星。北半球的夏季是星星最多的时候，夏季是看星星的最好的季节。

夏天的白天，我们也能看到很多的星星。绿草丛中，阡陌小径边，我们常常可以看到落在地上的星星，那是很小的花儿，五颜六色，就像天上的星星。

蒲公英是草地里的启明星。蒲公英的花期一般在春季，开花之后一个月左右种子开始飘飞，这个时候已是夏季。蒲公英的种子随着白色的柔软的绒毛随风飞舞，如点点星火，点亮了原野。

星火燎原，很快我们就可以看到漫山遍野的星星。夏天开的花一般偏小，但数量繁多，宛如夜空中的繁星。小小的花连成一片，是一个浩瀚的星空。

野菊花随处可见，有黄色的，白色的，也有黄白相间的。黄色的野菊花最耀眼，长得像菊花，也像小小

天鹅
邀我
去散步

的向日葵，追着太阳走。绿草丛中长满了黄色的野菊花，跟缀满星星的夜空一样璀璨。

蓝铃花也是星罗棋布，不过蓝铃花不像野菊花那样喜欢阳光，它们更愿躲在大树下。森林里绿树成荫，蓝铃花在那里可以铺出一大片蓝紫色的星海。偶尔可以遇到粉铃花，跟蓝铃花相映生辉。蓝铃花白天时像星星那样闪烁，到了傍晚时分，天上的星星要出来了，很多蓝铃花会关上自己的小铃铛，不与星星争辉。

草丛里还有野生的小浆果，水灵灵的，娇艳欲滴。小浆果跟我们肉眼见到的星星一般大小，颜色却不同于星星，那是在星星里极难看到的红色和黑紫色，比星星更亮眼更神秘。

夜晚的草丛里也有星星在闪烁，萤火虫在快乐地飞舞，一闪一闪亮晶晶，此起彼伏。妮妮总要跑到草丛

蒲公英是草地里的启明星。蒲
公英的花期一般在春季，开花
之后一个月左右种子开始飘
飞，这个时候已是夏季。蒲公
英的种子随着白色的柔软的绒
毛随风飞舞，如点点星火，点
亮了原野

里找星星，她也有本事捡到星星。捉到萤火虫后，她用
两只手做了个星笼，把星星捧在手里，拿给我看。我看
到萤火虫在妮妮的手心里眨眼，黄色的温暖的星光在我
们的眼前闪耀。

　　我们从未把萤火虫带回家去，萤火虫有它们自己
的家。给我看过之后，妮妮打开星笼，萤火虫飞了出
去，天上和地上的星星一起发着光。

天鹅 邀我去散步

我们最想生活在什么样的环境里？

有青翠的山峦，有清澈的流水，有鲜花盛开，有疏影暗香⋯⋯

每个人会给出不同的答案，但每个愿望都会是美好的，我们向往世间最美的风景，如诗如画。

如诗如画的风景中，最好还能有一些小动物，它们走进来，这些画面就灵动起来，多了生气和情趣。

它们也向往这样的世界，它们也在这里休养生息。

我们也愿意跟它们一起分享大自然的美好，人与自然可以和谐相处，人与动物可以和睦共处。

开车出门，路上的汽车在没到红绿灯的地方依次停了下来，那一定是碰上了小动物，小鹿、野鹅、野鸭或松鼠要过马路。野鹅和野鸭走得最慢，扭动着小碎步，边走边快乐地叫上两声，还会朝坐在车里的人们点

几只野鹅张开翅膀飞了起来。它们飞起来后迅速舒展开身体，身形既柔美又矫健，两个丰盈的翅膀有节奏地扇动着，在空中划出优美的弧线，美丽的身影很快消失在远处的林梢间

点头。大家这个时候都很有耐心，耐心地等着它们招摇过街。

汽车停在路边，回来时偶尔能看到松鼠和小鸟。有的松鼠会坐在汽车轮子上，在松鼠常出没的地方，不少人启动汽车前会检查下车轮，别把松鼠卷到车轮下。松鼠没有这样的安全意识，需要人类的提醒和保护。松鼠喜欢汽车的"下铺"，小鸟一般会选"上铺"。我们曾看到一只鸟儿站在汽车右侧的后视镜上，正左顾右盼；还有一次我们看到有只小鸟在车顶散步，逍遥自在。

小动物们还常来居民区转悠，常出现的是梅花鹿，有独自闲逛的，也有拖家带口的。我们在居住的小区里见过刚出生的小鹿，还站不起来，蜷缩在地上。看到有人走过来，鹿妈妈局促不安，不知如何是好。有个年长

妮妮喜欢给它们讲故事，她说上几句，那群鹅"克噜——克哩——克哩"地叫上几声，像是随声附和，又像是在提问，似乎听懂了妮妮说的话。有的时候是一群鹅来捧场，有的时候只有一个听众。鹅越多妮妮的兴致越高，只有一只鹅时她也不偷懒，照样滔滔不绝

天鹅
邀我
去散步

的女士有这方面的经验，嘱咐大家不要守着鹿妈妈鹿宝宝，赶紧离开，鹿妈妈放松下来后才能照顾了鹿宝宝，帮鹿宝宝站起来。这位女士还拉上一圈黄色的隔离线，挂上一个纸牌，请大家跟小鹿保持距离，给它们留下不受打扰的空间。小区里的居民很配合，静悄悄地散去。第二天我和女儿妮妮都不放心，不知鹿宝宝怎样了，我们决定在远处观望一下。远远地看到隔离线已经撤掉，我们才敢走近。鹿妈妈和鹿宝宝都不见了，看样子那只小鹿已经可以走路，鹿妈妈带着它离开了这里。我们有些不舍，还是为鹿妈妈鹿宝宝高兴。

离妮妮的小学不远的地方有个池塘，天气转暖后，很多加拿大鹅飞来这里，在这里生活大半年。妮妮上小学时，一到春天，时不时带回来一些加拿大鹅的讯息，学校会把它们的照片和资料打印出来，发给学生。小孩子们对这些远道而来的客人极为热情，妮妮经常去池塘边探访它们。去的次数很多，我和妮妮爸轮流陪她去。

我第一次陪她过去，还有些分不清鸭子和鹅。幸好有妮妮在旁边科普，从长相到性格，鸭子和鹅有不少不同之处。我们面前的这帮家伙脚大嗓门大胆子也大，一点儿不怕人，走起路来趾高气扬，这是鹅的脾性和架势。它们的脑袋和脖颈是黑色的，身体是灰褐色的，头部和颈部之间有条白色的颊带，也叫下巴带，妮妮告诉我，看到这个白色的颊带就能认出它们是加拿大鹅。

也有人把它们归于大雁的种类，我更喜欢把它们看作是野天鹅。野鹅跟大雁一样是可以飞的，这帮珠圆玉润的家伙只在池塘边转悠，最多钻进水里游上一圈。我正在质疑它们的本事，几只野鹅张开翅膀飞了起来。它们飞起来后迅速舒展开身体，身形既柔美又矫健，两只丰盈的翅膀有节奏地扇动着，在空中划出优美的弧线，美丽的身影很快消失在远处的林梢间。

它们是可以飞的，可以飞得很高很远，它们本来就是从很远的地方飞过来的，要越过很多的高山和丛林。

春天的时候，这群加拿大鹅从远方飞来。我们很快发现，它们来到这里后做的第一件事是筑巢产卵，生养孩子。

加拿大鹅会在它们出生后的第二年出来寻找配偶。它们相当忠诚，都是一夫一妻，大多数夫妻一生都厮守在一起。如果其中一个早逝，另外一个可能会找一个新的伴侣。它们还很传统，有了配偶后就开始计划生孩子。它们先在水源充足草丛茂盛的地方建一个巢穴，然后产卵孵化，雌鹅孵化幼鹅时雄鹅会在外面保护。加拿大鹅很懂科学育儿，它们把产卵期调整到春天，而且是春天的最高温度，这是孵养孩子的最佳时机。

池塘边花红柳绿时，转青的草地上冒出一排排毛茸茸的小鹅。鹅爸鹅妈在两边守着，寸步不离。它们都是大家庭，雌鹅可以产下二到九个卵，平均五个，我们还没见过只有一个孩子的家庭，至少能有两三个鹅宝宝。

小孩子喜欢小动物，看到鹅宝宝的妮妮更是欢天喜地，很想跟它们一起玩耍。鹅爸总是很警觉，拦住妮妮，不准她走得太近。鹅爸鹅妈吃东西时也会四处张望，时刻留意四周的动静，尽心保护着它们的孩子。

原来的鹅群分出了一些小家庭，小家庭间一般相安无事，也有起争执的时候，跟人类社会一样，我和妮妮见过两家鹅打架。有家鹅正在吃饭歇息，另外一家拖儿带女路过此地。第一家的男主人大概误以为第二家要卷走它们家的鹅宝宝，先是发出嘶嘶的警告声，很快就拍打着翅膀冲向另外一只雄鹅。那只雄鹅也不示弱，奋起还击，勇敢地保护它的家人。看起来是两家对峙，实际上只有鹅爸上阵，它们也很讲规矩，不去袭击妇孺。鹅妈妈守着鹅宝宝，笃定淡然，并不惊慌。

妮妮却很着急，想去拉架，又无从下手。好在两只雄鹅没打多长时间，也没决出胜负。它们应该不是为胜负去打架的，都是为了孩子。有了小宝宝后，鹅爸爸容易神经过敏，有些紧张过度，对不熟悉的鹅自然怀有敌意。看到另外一家已过了小路，两家间有了适当的距离，挑起争斗的这只雄鹅很快偃旗息鼓。

第二家在小路的另一边歇脚，看那架势它们准备在那里安营扎寨。两家隔得不远，我跟妮妮说，不打不相识，没准两家以后会有来往。妮妮一听很兴奋，她说那样的话小鹅们就有了更多的玩伴。

我们过了几天去看，打过架的两家鹅果然混到了一起，相处得很融洽。小鹅们在一起玩耍，大人孩子左邻右舍共享天伦之乐。小鹅明显长大了不少，它们不再蜗居在草丛里，开始跟着妈妈在水里游泳。

加拿大鹅出门时常常全家出动，鹅爸鹅妈把守两头，几个鹅宝宝在中间，从前往后一字排开，井然有序。到了盛夏，鹅宝宝已完全长大，从外形上很难分辨出父母和孩子。看到好几只排成一字形的鹅群走过，我们猜测这是一家的，中间的那几个应该是刚刚长大的鹅宝宝。鹅爸鹅妈依旧是一前一后，孩子再大，在父母这里还是孩子。

等到鹅宝宝可以走远路，我们在马路边、停车场之类的地方也能看到加拿大鹅，它们最常栖息的地方仍是池塘边和湖边。我们再去池塘边，鹅爸比春天时友好了许多，不知道是因为我们常去，它们已认识我们，还是因为鹅宝宝长大了，鹅爸爸放松下来，不再防范我们。

其实加拿大鹅很亲近人类，妮妮跟它们常有互动，熟了以后，它们会追着妮妮要吃的。

妮妮喜欢给它们讲故事，她说上几句，那群鹅"克噜 —— 克哩 —— 克哩"地叫上几声，像是随声附和，又像是在提问，似乎听懂了妮妮说的话。有的时候是一群鹅来捧场，有的时候只有一个听众。鹅越多妮妮的兴致越高，只有一只鹅时她也不偷懒，照样滔滔不绝。

我望着眼前热闹的景象，更加喜欢上这群活泼可爱的野鹅。虽然它们不是真正的天鹅，只能算是天鹅的亲戚，我还是喜欢把它们看作是天鹅。它们也长着纤细修长的天鹅颈，飞起来时，长长的脖颈笔直地伸向前方，脑袋昂扬，目光坚定，心无旁骛。它们跟天鹅一样高贵，却并不孤傲清冷。它们愿意跟人交流，喜欢住在人类居住的区域，在同一片蓝天下谈情说爱，生儿育女，有滋有味地过着简单快乐的日子。它们如天鹅般令人向往，又很有人间的烟火气，让我们觉得亲切。

它们来到这里，生活在这里，这个地方也变得亲切起来。

丰草长林环绕着一池绿水，恬静安然。从远方飞来的这群野鹅早已把这里当作自己的家园，它们自由自在地在水里嬉戏，悠闲自得地在庭院散步。我们来串门时，它们尽地主之谊招呼我们，陪我们聊天，还会邀请我们一起去散步，妮妮总是乐不颠儿地欣然接受。葱翠的绿树下，常能看到一个女孩跟几只野鹅走过，边走边聊，其乐融融。

天空是海洋般的湛蓝，池塘里的阳光水晶般闪亮，几只在水里游动的野鹅把脑袋伸进浅水觅食，还有几只在波光粼粼的水面上优雅地滑翔。跟妮妮一起散步的野鹅亦步亦趋，先是两只，渐渐多了起来。欢声笑语吸引了一路的鸟儿、知了、青蛙，鸟叫蝉鸣和青蛙的呱呱声抑扬顿挫，接连不断。

妮妮在路边捡起一根树枝当指挥棒，指挥她的天鹅乐队，树丛边池塘里顿时万籁齐鸣。野鹅摇头晃脑地吹起了喇叭，五颜六色的鸟儿更加起劲地歌唱，知了和青蛙不甘落后，叫声越发响亮，风儿拨动着琴弦，树叶沙沙作响，蜜蜂发出嗡嗡的和声，俊俏的花朵随着跌宕的旋律婆娑起舞。

翩翩白云，翩翩绿树，翩翩少女，翩翩天鹅……和谐安宁的画面里，大自然的欢乐颂混合着阳光的味道，在悠长的时光里欢快地流淌。

在海边

　　夏天最辽阔的风景线在海边，夏天时我们喜欢去看海。

　　去到海边才知道，海的尽头也是天的尽头，我们不用探究天空和大海谁更辽阔，因为天和海是连在一起的，天水相连，漫无边际。望着海和天，我们的心也开阔起来。

　　白色的海鸥在自由地飞翔，它们一定是看到了世界有多大，它们才会飞得那么高，飞得那么远。我们坐在海滩上看海鸥飞翔，不知道它们从哪里来，不知道它们会飞向哪里，不知道它们在哪里停歇，不知道哪里是它们的归宿。

　　这个世界如此之大，它们可以尽情地翱翔。

　　面对广袤的海洋，感觉人是这么的渺小，可是海鸥的身体不是比人更小吗？望着海鸥展翅高飞，我们的心也跟着飞了起来。

妮妮喜欢看海，更喜欢在海水中嬉
戏。她想跟大海亲密地接触，大海
挥洒出这么磅礴的气势，她要与大
海融为一体，她要为大海筑就新的
风景

天鹅
邀我
去散步

白色的海鸥在自由地飞翔，它们一定是看到了世界有多大，它们才会飞得那么高，飞得那么远。我们坐在海滩上看海鸥飞翔，不知道它们从哪里来，不知道它们会飞向哪里，不知道它们在哪里停歇，不知道哪里是它们的归宿。这个世界如此之大，它们可以尽情地翱翔

天鹅

邀我

去散步

妮妮快三岁时，我们第一次带她去看海。她迈着小碎步朝海边走去，眼睛睁得圆圆的，张大的嘴巴也是圆的，面对惊涛巨浪，她发出一声惊叹。初次的相遇彻底震撼了她，她对大海一见钟情。

妮妮喜欢看海，更喜欢在海水中嬉戏。她想跟大海亲密地接触，大海挥洒出这么磅礴的气势，她要与大海融为一体，她要为大海筑就新的风景。

妮妮很快忙碌起来，带上给小孩子预备的各种塑料工具，开始在海边建造城堡。她用小水桶去海里接水，用小铲子挖沙，把海水和沙子混在一起后开始打地基，然后一层层地往上搭建她的城堡。妮妮堆出的城堡歪七扭八，更像一个沙堆。偏偏海浪喜欢上了她精心打造的城堡，一个大浪冲过来，卷走了她的城堡。她没有

在人生的大海里她才刚刚开始，
愿她也有这样的勇气、热情和
坚持。不一定要游到海的深处，
至少要去试一试，面对巨浪可
以坦然无畏，遇到挫折能有大
海的胸怀

天鹅

邀我

去散步

顾上抱怨和沮丧，马上着手再建一个新的。妮妮在海滩上建过无数的城堡，最终都被海浪带走。那些城堡没能留在沙滩上，却永远留在了她童年的记忆中。

妮妮也很喜欢在海边捡贝壳，自己捡回来的贝壳都带着泥沙，多少有些残缺，可对妮妮来说，这些都是她的宝贝，比商店里买回来的贝壳漂亮多了。

有一年妮妮还迷上了在海边挖螃蟹。傍晚落潮后，有些人会在海边钓螃蟹。小孩子没有那么多的耐心等着螃蟹上钩，他们喜欢在沙滩上挖螃蟹。圈起一块湿润的沙地，几个孩子用手和小铲子齐心协力往下挖。过了一会儿，妮妮满脸兴奋地朝我跑来，跑到我跟前，她半张开轻轻握着的手，我看到一只小螃蟹，只有指甲盖那么大，却完整无缺。妮妮平摊开小手，小螃蟹竟然伸胳膊伸腿，在妮妮的手心里爬动起来。

妮妮最大的愿望是在海里畅游。

我记不清她是什么时候冒出了这样的愿望，只记得她在最开始学游泳时就说过，有一天她要去大海游泳。她学游泳是自愿的，而且很积极，这样的态势大概跟她有明确的目标有关。

妮妮五六岁时能在游泳池里扑腾一阵儿了，只会狗刨，还不会换气憋气，脑袋进到水里时要用手捏住鼻子。她这时候去海边纯粹是去玩水，在海滩上来来回回奔跑。海浪拍打着海岸，她在水上飞奔，小孩子就会觉得很刺激很好玩。很快她就觉得不过瘾，一点一点地往水里摸索。开始时要抱着救生圈，胆子也没那么大。再大一些后，她每次去海边要带上冲浪板。她用的冲浪板是为孩子设计的，不是真的去冲浪，人无法站在上面。妮妮让我见识了她的玩法，她背对大海跪在冲浪板上，两手紧握冲浪板的两边，扭头望向身后的大海，等着海浪把她带进大海。

这种玩法注定不会持续太长时间，两三年后她对这样的冲浪不再感兴趣，那个冲浪板成了羁绊，被她甩在了一边。十岁时她有了足够的能力，可以去实现她最初的梦想，她要真的在海里游泳了。我看着她勇敢而坚定地向大海走去，海水快要漫过身体时，她漂浮起来，两条胳膊有力地向前划动，随着海浪不断起伏。海鸥在天上飞，她在海上飞。遇上大的海浪，她不见了踪影，海浪完全淹没了她。

这种时候我难免担心。这里可不是游泳池，游泳池里没有波涛，没隔多远就有个救生员，坐在高高的椅子上，眼睛紧盯着泳池里的每一个人。海边几乎看不到救生员，海浪翻滚的速度又快，瞬息万变，遇到紧急情况不知如何是好。

可是每一次女儿走向大海时，我没有阻止她。我知道前面有风浪，还是没有阻止她。一生中我们总要经历风浪，有的风浪大一些，有的小一些，有些人会经历很多的风浪，有些人的一生相对平静，风浪少一些，但没有人不曾经历过风浪，也没有人可以躲开所有的风浪。

大海也是梦想的象征，令人向往，又令人生畏。浩瀚的大海可以带我们去我们想去的地方，汹涌的波涛又在告诉我们失败的风险和危险，让人望而却步，在海边踌躇和观望的人可能远远多于下海的人。

我站在海边，看着妮妮一次次地游进大海，看着她在海里畅游，看着海浪把她高高地托起，她在那里笑着朝我挥手，我看到了她脸上的兴奋和自豪。我为她悬心，更为她高兴，人生最大的遗憾不是失败，是很想做一件事情却从未大胆地尝试。

妮妮试过了，也实现了在海里游泳的愿望。

在人生的大海里她才刚刚开始，愿她也有这样的勇气、热情和坚持。不一定要游到海的深处，至少要去试一试，面对巨浪可以坦然无畏，遇到挫折能有大海的胸怀。努力和付出之后，即使无法实现最初的愿望，肯定离那个目标近了许多，在这个过程中，已经游出去很远，已经感受到喜悦，已经有了收获。

夏日清

　　酷暑时节，如果能起得早些，可以去野外感受下特别的清凉。

　　太阳还没完全升起，暑热还睡眼惺忪，只是呼出些温柔的热气，为大地蒙上一层轻柔的薄纱。

　　远看朦胧灵秀，像是一幅水墨画，涌动着天地间的灵气。一层层青翠的绿色，连绵起伏。天上的云是青色的，青烟般飘过。小河看不到流水，河里都是蓝云青草绿树。大自然的水墨丹青，笔酣墨饱。

　　凑到近处看，这幅水墨画的笔触极精到。丹青妙手在画每一朵花每一片叶子时都细致入微，细小的纹路清晰可见。花朵或浓或淡，花叶深浅不一，错落有致地搭配在一起。

　　小河里流淌的是绿水，地上缭绕着一股仙气，水蒙蒙的一片，刚画好的水墨画，还没有干透。晶莹的露珠在花草上滚动，折射出太阳的光芒，玲珑剔透。

天鹅

邀我

去散步

小河里流淌的是绿水，地上缭绕着一股仙
气，水蒙蒙的一片，刚画好的水墨画，还
没有干透。晶莹的露珠在花草上滚动，折
射出太阳的光芒，玲珑剔透

　　走在蒸腾着水气的水墨画里，身上却是干爽的，葱郁的清晨，让人神清气爽，心情舒畅。

　　一只小鸟飞了进来，扑闪着翅膀，并没有打破这里的宁静。

　　很快，所有的人都会醒来，起床忙碌，路上车水马龙，人声鼎沸。喧闹之前，大地神色安然，心如止水。

　　喧闹开始以后，这里不也是这样从容吗?

　　每一个景致，都是世外桃源。

　　如果能早点起来，去外面走上一圈，呼吸到的，不仅仅是清新的空气。即使后面有酷热，心里终归少了些烦闷焦躁，多了些清爽安宁。

　　新的一天可以用这样的方式打开，舒缓，平静，欢喜。

静水清荷

每年夏天我们都要去外面看荷花，看不到荷花的夏季是有缺憾的。

有静水的地方就有可能看到荷花，哪怕是一朵两朵，这片静水就有了不一样的风情。路边的水洼里也有可能开出荷花，路上车来人往，荷花安然不动，淡定地守着自己的岁月。

荷塘也是安静的，喧嚣都是游人带来的。

荷塘一般很小，与世无争。我们也去过一个盛大的荷塘，好几个荷塘连成了片，每个荷塘都有足够的规模。一池池荷花还是安静的，只是成千上万朵荷花聚在一起时，即使没有声音，也蔚为壮观。

来赏荷花的人络绎不绝，靠近荷花时，脚步不自觉地轻了下来，说话的声音也轻了下来。安静下来，才能欣赏到荷花的美。

骄阳之下，很多花都无精打采，荷花和睡莲偏偏喜欢强烈的光线。它们向往光明，在夏日的舞台上它们无拘无束地盛开，毫无保留。当所有的光芒和注视都转向它们时，它们又守得住内心的清静

天鹅
邀我
去散步

天鹅

邀我

去散步

大朵的荷花能蹿得很高，望向它们时，需要仰视。粉白色的荷花镶嵌着红边，脖颈细长，身姿婀娜，都是自然长成的美女，一个个亭亭玉立。我们看到荷塘深处走过一只白鹤，走到一株荷花边，白鹤伸长了脖子，这样才能跟开在高处的荷花对视。绿色的荷叶挤满了荷塘，犹如荷花的仰慕者，簇拥在荷花的身边，也为荷花的栖息之地挡风遮雨。荷叶的下面传来青蛙的叫声，像是坠入爱河的青蛙王子在唱歌。

荷花垂下头来，望着川流不息的人群，望着绿油油的荷叶，似乎听到了青蛙的歌唱。微风吹来，它们一起跳舞。荷花看似清高，并不骄矜。

另一边的池塘里是睡莲，更加地沉静。白的红的黄的紫的睡莲，花瓣完全打开，跟莲叶一起浮在水上。它们一尘不染，不像是开在尘世的花。我们望向它们时，眼睛也清润起来。

白的红的黄的紫的睡莲，花瓣完全打开，跟莲叶一起浮在水上。它们一尘不染，不像是开在尘世的花。我们望向它们时，眼睛也清润起来

　　骄阳之下，很多花都无精打采，荷花和睡莲偏偏喜欢强烈的光线。

　　它们向往光明，在夏日的舞台上它们无拘无束地盛开，毫无保留。当所有的光芒和注视都转向它们时，它们又守得住内心的清静。它们开在有水的地方，能开出荷花的水，是可以深流的静水，波澜不惊，风轻云淡。

夏·青年

　　幼小的树苗终将长成大树，懵懂少年也会一天天长大，长成强壮的青年。意气风发，活力四射，犹如夏日的骄阳。

　　夏日的阳光是灼热的目光，繁茂的枝叶神采飞扬，迸发着青春的光芒。

　　夏日时光是青春的年华。

　　夏天的雨水丰沛激烈，青春的热情也是这么酣畅淋漓。

　　夏天的白天很长，阳光照耀梦想，释放着无尽的能量。

　　夏天的虫鸟整夜歌唱，青春的欢聚永不散场。

　　夏天的天气变化多端，青春的心情也是反复无常，时而阳光普照，时而阴云密布，时而欢欣雀跃，时而垂头丧气。电闪，雷鸣，无所顾忌地宣泄着情绪。风暴之后会有彩虹，青春向往彩虹飞架，在天空自由地翱翔。

天鹅

邀我

去散步

幼小的树苗终将长成大树，懵
懂少年也会一天天长大，长成
强壮的青年。意气风发，活力
四射，犹如夏日的骄阳

天鹅

邀我

去散步

敢于放弃，敢于做梦，敢于尝试，失败的话，还可以从头再来。

苍翠繁茂的夏天，绿色的希望、生机、青春和成长延绵不绝。

繁星闪烁的夏天，梦想的天空星罗棋布，浩如烟海。

蒸腾着热气的夏天，湿漉漉的身体和欲望，追逐爱情，追逐梦想。

青春的脉搏和心跳海浪般跌宕起伏，在一望无际的大海上跳动腾跃。风暴可以阻止帆船前行，却无法阻止昂扬的青春击水翻波，即使没有所向披靡的力量和能力，一定会有所向披靡的勇气和胆量。

激情似火，在海风中飞驰。

也常常随波逐流，不知道会飘到哪里，也不想知道。可以在任何一个地方停靠，任性的青春天马行空。

想变成一只海鸥，飞越大海，也想躺在沙滩晒太阳，无所事事，百无聊赖也是一种幸福。

看日出日落，看星辰大海，所有的所有都跟自己有关，又跟自己无关。

海浪翻卷着啤酒的泡沫，大口喝酒，大声欢笑，大把的时光可以随意挥霍。

大海潮落潮起，海浪拍打着海岸，叫醒睡懒觉的青春。又是新的一天，大海已被朝阳照亮。想起昨夜做的美梦，天上的白云又送来新的梦想。

　　年轻的身体里翻滚出巨浪，不能把这充满希望的一天留在岸上，不能让黄沙掩埋青春的锋芒。

　　青春终究属于大海，大海的咆哮和低语都难以抗拒。来一场说走就走的旅行，没有计划，不辞而行。或者，再一次扬帆起航，在海上乘风破浪。这一次，带上全部的智慧和热情，目光坚定，一往无前。

彩虹飞架

彩虹是可遇不可求的。

春天我们可以期待百花盛开，夏天我们可以期待星辰大海，秋天我们可以期待果实累累，冬天我们可以期待漫天飞雪，可彩虹是无法期待的。

我们每一次遇到彩虹都喜出望外，那一道道彩虹像一个个恩赐和祝福，超出了我们的所求所想。

2020年的8月，妮妮即将迎来十三岁的生日。"新冠"疫情还在蔓延，群聚类的活动几乎全部取消，我们不可能为她搞生日Party。她的生日在暑假里，本来可以出门旅行，以前她喜欢去迪士尼之类的地方过生日，有一年跑到上海过的生日。可坐飞机出去旅游的风险还在，我们这次无法遂她所愿。饭馆开了不少，绝大部分人不敢在那里堂吃，都是叫外卖或点好菜后带回家，我们只能打消带她去饭馆吃饭庆祝的念头。为了弥补遗憾，我为她精心挑选生日礼物，早早准备好礼物，买了她最喜欢的生日蛋糕，亲戚朋友送她的礼物也陆续抵达，我在家里尽力营造出热闹的气氛，心里还是觉得有些遗憾，对女儿来说这是一个最无聊最冷清的生日。

下午吃过生日蛋糕，妮妮提出去我们以前住的房子看看，她的童年是在那里度过的。妮妮五岁多时我们才离开那里，她对那里是有记忆的，那里珍存着很多美好的回忆。

我觉得这个主意不错，可是我们看过天气预报，暴雨将至，我们开车过去要一个小时左右，开到那里正好赶上下大雨。

妮妮坚持回去看看，我最终决定帮她实现这个生日愿望。一家三口跳上汽车朝我们的旧居奔去，我们想在下雨前赶到那里。

疫情期间路上的车不是太多，我们畅通无阻地开

到目的地。云层正在聚集，颜色也暗沉下来，却善解人意地给我们留下些溜达的时间。只是下雨前天气闷热，一出车门，一股热浪朝我们涌来。妮妮爸建议我们开着车转一圈，妮妮不同意。妮妮爸可不想在这热浪里翻滚，他退回有空调有音乐的汽车，在车里等我们，嘱咐我们快去快回。

我带着妮妮小跑着前行，把她想看的地方迅速看了个遍。我们原来的房子慵懒地躺在树荫下，在热浪中喘着粗气，我和妮妮也是汗流浃背。妮妮小时候游泳的地方倒是有些清凉，可这室外游泳池也因为疫情没敢开放，我们只能望池兴叹。游泳池边的那个小小的儿童游乐场开着，还有两个小孩子在那玩耍。妮妮跑了过去，顺着爬梯上到了顶层，站在那里四处眺望，好像陷入了回忆。我想起我们有两年多没来这里了，上一次我们来这里是姹紫嫣红的四月，美妙的回忆像四月的鲜花那样一朵朵盛开。可这次连感怀思旧的时间都不够，我看到云层越积越厚，乌云压顶，预示着暴雨的来临。我叫妮妮快点下来，我们得赶紧撤离。

雨点开始落下来，我们朝汽车跑去，刚钻进汽车，大雨倾盆而下。

我们在暴雨中往回开，雨刷以最快的速度在车前窗划动，前面的路还是模糊不清。我向妮妮抱怨这趟出行，我说早就告诉你要下大雨，重游旧居应该挑个晴朗的日子。

妮妮没吭声，我说了几句就停了下来，毕竟是女儿的生日，还是多说些开心的话吧。

好在这样的暴雨不会下太长的时间，雨势渐弱后，我们拐进一个小商业区，停下车出来找吃的。妮妮爸进了一家饭馆去买我们的晚餐，我和妮妮在外面的屋檐下等他。大雨已经停了，偶尔有些雨滴落下来。

我蔫蔫地站在那里，没几分钟，听到身后的妮妮激动万分地叫道：彩虹，彩虹！妈妈你快看，彩虹出来了！

我扭过头，顺着妮妮的手指望过去，真的有道彩虹，近在眼前，好像就在我们的头顶。我们赶紧走到稍微空旷的地方，发现这还是一道全彩虹。天空碧蓝如洗，飘在天上的白云也像是被洗过，一道彩虹飞架在云朵上，清新绝俗，璀璨夺目。蓝天白云都被染上了彩虹的颜色，妮妮的脸上也是色彩缤纷，赤橙黄绿青蓝紫七种最漂亮的颜色混合到一起时，散发出奇妙的光芒。

妮妮在彩虹下蹦跳着，手舞足蹈。这是一份她不敢奢望的生日礼物，收到时怎能不欣喜若狂。十三年来妮妮收到过很多生日礼物，可哪份礼物能比得过这么珍贵的彩虹。这份礼物不可能出现在任何一家商店，我们无处可买，也没有本事自己做出来，这是一份只有上帝能送她的生日礼物。

妮妮欢天喜地地带上这份礼物回家。往回开的路上，只要开到没有建筑物遮挡的地方，我们就能透过车窗看到那道彩虹，有的时候在我们的旁边，有的时候在我们的前方。到了家门口，我们望向天空，那道彩虹还在那里，我们好像是从彩虹桥上走回家的。

我们本来以为这是一个最黯淡的生日，现在这个生日变得绚丽无比，成了我们值得用一生去回味的最珍贵的回忆。

那是一道镶嵌在我们记忆中的永远的彩虹。

因为这道彩虹，我们更愿意走进大自然。彩虹出现时悄无声息，我们听不到，只能看到，彩虹很容易被错过。只有一次次地走进大自然，才能有机会见到彩虹。

因为这道彩虹，我们知道我们无须为明天担忧。明天不一定风和日丽，可能会有风暴，可是不经历风暴是见不到彩虹的。我们见过半彩虹、全彩虹、双彩虹，我们见过山峦间的彩虹，也见过海上的彩虹，每一道彩虹都出现在风雨之后。

我们很难改变生活，但我们能改变我们对待生活的态度。当我们放下忧虑，乐观地望向更高更远的地方，勇敢地往前走，我们就有可能看到彩虹。

可遇不可求的彩虹，出现的时候，就在我们的面前。

Amerina's Summer　妮妮眼里的夏天

Green into Summer

by Amerina Miller

The cicadas are chirping,

With the song of the birds,

Echoing through the green valley.

The leaves are green and sparkling,

On the trees above,

Sunshine gleaming down from the leaves.

The sky is cloudless and bright,

The sun is scorching and hot,

But underneath the flourishing trees,

Is the green coolness and shade.

The cicadas's chirp in the day time,

The fireflies brighten the night,

Everywhere I go is fresh green,

I'm walking in the shade of the trees,

Step with the green into summer day.

天鹅
邀我
去散步

天鹅

邀我

去散步

绿荫入夏

章珺　译

知了在唱歌，

跟鸟儿的鸣啭，

回荡在绿色的山谷。

头顶的树上，

绿色的叶子闪闪发光，

阳光从树叶间洒落。

万里无云的天空中，

烈日炎炎，

繁茂的树下，

却是绿色的阴凉。

白天有知了鸣叫，

夜晚有萤火虫闪烁，

到处都是新鲜的绿色，

我走在树荫下，

绿色伴我走进夏日的时光。

天鹅

邀我

去散步

Down by the Ocean

by Amerina Miller

Sandy shores, sunny skies,

Seagulls fly over the wild sea,

Free to spread my wings,

Following to jump into the adventure tour.

My brave heart opens my horizons,

I see the world so big and high.

The waves crashing,

Gentle and quiet,

But I feel the power,

Boundless as the ocean and sky.

天鹅

邀我

去散步

在海边

章珺　译

海边的沙滩上天空晴朗，

海鸥飞过狂野的大海，

帮我张开翅膀，

我追随海鸥，

跳进探险之旅。

勇敢的心打开了我的视野，

我看到一个壮阔的世界。

波涛翻滚，

柔和，安宁，

但我感受到了力量，

像大海和天空一样无边无际。

天鹅
邀我
去散步

Rainbows Flying

by Amerina Miller

Rainbow bridge,

Arched across the sky,

Telling us that the storm is gone away.

Precious child of the sun and the rain,

Giving the sky colors,

Letting us see its nature and spirit,

Wonderful and pure.

Rainbows are the beauty of skies,

We see them

Only after the baptism of the storm.

天鹅
邀我
去散步

彩虹飞架

章珺　译

彩虹桥，

架天边，

悄悄告诉我们，

风暴已经过去。

太阳和雨的孩子，

为天空涂上色彩，

让我们看见自然的本质和精神，

美妙又纯洁。

彩虹是天空的美丽，

狂风暴雨的洗礼之后，

我们才能看到它们。

天鹅
邀我
去散步

天高 云 起

当天空越来越高时，秋天到了。

初秋的时候，树叶还没有太多的变化，想看红叶的话还要等上一段时间。我们最喜欢看的是秋天的云彩，那是秋天的第一道美景。

天高云起，我和妮妮常去外面看云。

妮妮七八岁时曾对各种云彩表现出了浓厚的兴趣，她这方面的知识比我多很多。她的老师专门跟我们提过妮妮很懂云彩，在课堂里问的问题问倒了老师，老师反过来拜她为师。老师的褒奖里有鼓励的成分，但是妮妮对云彩确实有不少的研究。有哪些种类，怎么形成的，不同种类的云彩长什么样子，会有怎样的变化等等，她都一清二楚，基本上可以做到看云识天气。我对这些跟云彩有关的科学知识不感兴趣，我只是单纯地喜欢看云，喜欢风景

不需要远离尘世，不需要避世隐居，热闹的地方也有淡泊幽静之处。无须等到晚年才能参透人生，也无须做太多的揣摩，景美诗美，这么纯净的美已经足够，不再需要更多的意境和哲理

里的云彩，喜欢云彩塑造的风景，也喜欢云彩带来的那些闲情逸致。

孩子的兴趣点总在发生变化，一两年后妮妮不再跟我唠叨这个话题。如果我问起跟云彩有关的问题，她还是可以做到侃侃而谈。小孩子的记性好，小时候特别感兴趣的知识，可以记上一辈子。

不过她依旧喜欢天上的云彩，跟我看云的角度和出发点倒是越来越接近。我们一起出去看云，一起描述云彩，用生动的语言和想象。

看云的最好的季节是初秋，看云的最好的地方是水边，最好是在敞阔的河边。

我和妮妮找到了一个看云彩的好地方。我们穿过一片稍有起伏的树林，再顺着山坡下到河边。河道不宽不窄，恰到好处的宽度，两岸都是葱郁的绿色的屏障，流淌期间的河水平静悠长。一边向城市流淌，另一边流向广袤的乡村。望向乡村的方向，云彩排着队向我们飘来。秋天的云彩好像飘浮在半空中，望着望着，我们感觉云彩就要落下来了，落在我们的身上。

不断有人来到河边，大一点的孩子脱了鞋子踏进水里。这一段的河水很浅，不过水已经很凉了，孩子们还是不管不顾地纷纷往河的中间走去。河水里有很多的卵石，开始时有几个孩子踩着卵石往里走，走着走着都脱下了鞋子，卷起了裤腿，大大小小的孩子都光着脚在河里戏水。

妮妮当然不会留在我身边，她朝那帮孩子跑去，边跑边脱掉鞋子。她跑得急了些，溅起一朵朵水花。

我找到河岸上的一块大卵石坐下，坐看行云流水。云在天上走，水在地上流，云彩真的落了下来，都落进了水里。河水澄澈，白云倒映水中，清水在白云中流过。

空气也是澄澈的，夏天的炎热已散尽，清爽的秋风带来的是内心的安宁。

我坐在那里，看一会儿正在玩耍的孩子，望一会儿天上的白云，想起了《终南别业》里的诗行："行到水穷处，坐看云起时。"虽然后人对王维的这两句诗有各种的解读，此时此刻，我只是觉得这两句诗很美，眼前的风景也很美，诗里有美景，景里有妙文，简单至极，却富饶丰沛。

不需要远离尘世，不需要避世隐居，热闹的地方也有淡泊幽静之处。无须等到晚年才能参透人生，也无须做太多的揣摩，景美诗美，这么纯净的美已经足够，不再需要更多的意境和哲理。

不如给自己一个休息，不如悠然地坐在这里，回到最本真的地方，做最简单的事情。也可以什么都不做，什么都不想。宁静致高远，停下那些无谓的躁动，心里会有脱胎换骨般的安宁，这也是一种"行到水穷处，坐看云起时"。

当我们放空自己，完全放松下来，清朗的风会吹进我们的身体，我们可以像云彩一样飘飞，自由自在。

秋高气爽，空灵浩荡，这样的飘飞有了更广阔的空间。

苹果红了

秋风吹红了苹果，妮妮嚷嚷着去果园摘苹果。

妮妮爸不想去，他说超市里有各种各样的苹果，何必大老远地跑这一趟。

我也想偷懒，还是说服了自己，启动汽车，带着妮妮去实现她的愿望。

其实果园离我们家不太远，一个多小时的车程。以前我们来这里摘过草莓和蓝莓，都是跟一帮朋友约好了去的。虽说刚摘下的草莓最新鲜，自己亲手摘的味道不一般，但我们去那里纯粹是奔着朋友去的，大家在一起采摘，有说有笑很热闹。

这次只有妮妮和我两个人，好在果园里有不少人，都是来摘苹果的。已经有人往外走，拎着捧着刚摘下的苹果，在门口等着过磅，按磅数付钱。果园定的价格比超市的高，可往外走的人没有空着手的，都是满满当当。

树上结满了苹果，像是孩子的
红彤彤的脸蛋，又像是少女的
脸颊，经常出去晒太阳，脸上
长了些褐色的雀斑

果园很大，一排排的苹果树望不到头。树上结满
了苹果，像是孩子的红彤彤的脸蛋，又像是少女的脸
颊，经常出去晒太阳，脸上长了些褐色的雀斑。

　　我和妮妮一头扎进去，动手摘苹果。苹果压弯了
果树的枝头，很容易够到那些苹果。也有一些枝头依旧
挺拔高耸，那上边的苹果如同天上的彩云，煞是好看，
可惜够不着。我看到旁边有梯子，准备爬上梯子去够那
几朵云彩。妮妮说那些苹果不是给我们吃的，是给大家
看的。我假装恍然大悟，附和道，怪不得它们蹿得那么
高，要在天空中结出果实，成了天上的云彩，既然这
样，那就让这些彩云继续在天上飘吧。

　　树下也有些苹果，熟透了的苹果，等不及人们来
采摘，自己落到了地上，成了苹果树的肥料。

　　妮妮摘了两三个就停下手来，在两排果树间走了

有一些枝头挺拔高耸，那上边的苹果如同天上的彩云，煞是好看。可惜够不着。我看到旁边有梯子，准备爬上梯子去够那几朵云彩。妮妮说那些苹果不是给我们吃的，是给大家看的。我假装恍然大悟，附和道，怪不得它们窜得那么高，要在天空中结出果实，成了天上的云彩。既然这样，那就让这些彩云继续在天上飘吧

天鹅

邀我

去散步

个来回，东瞅瞅西看看。她来果园，不是为了摘苹果吃苹果，只是想来看树上的苹果，红了的苹果和正在变红的苹果。

我把摘下的苹果放进我们带来的篮子。这是妮妮的百宝篮，春天装过复活节的彩蛋，夏天装过草莓蓝莓，到了万圣节，妮妮会挎上这个篮子去讨糖果。苹果的个头比这些东西大，一会儿就把篮子占满了，而且分量重，我用手拎起来，发现篮子有些变形，快撑不住了。

我也停下手来，拎着那一篮子苹果朝外走去。走到头才发现每排苹果树都标明了苹果的品种，蜜脆、粉红淑女、富士、加拉、乔纳森、科特兰……我能知道的苹果品种这里都有，我最喜欢的富士苹果占了好几排。

我跟妮妮不同，她是来看苹果的，摘苹果是因为好玩，我摘的苹果可是要吃的，当然要选我喜欢的红富士。我看了眼手里的篮子，很是遗憾。

妮妮眼尖，发现了一辆三轮推车，可以装苹果。我赶紧把那篮子苹果放进推车，推着三轮车进了富士苹果的领地，一口气摘了十多个。

摘完苹果后，妮妮说想去别处看看。

我说推着这辆三轮车路都走不直，哪能走远。

妮妮马上抢过我手上的车把，自告奋勇帮我推车。

不知道是这辆三轮车不听使唤，还是我们太笨，妮妮也是推得歪七扭八，很费劲地往前推着，笨拙可爱。

我说早知道这样，我们应该先溜达完再去摘苹果。

妮妮却说，这一车的苹果也想到处走走呢。

带着这一车苹果我们走不快，只能慢慢走慢慢看。走得慢也就看得很仔细，什么也漏不下。以前来这里目的性太强，来摘草莓只盯着草莓，不知道这里这么大。这里有各种果树，还有大片的向日葵，大片的花圃，可以采摘向日葵和鲜花。也有玉米地，可以去玉米地里掰玉米。

我和妮妮轮流推车，说笑着往前走。瓜果飘香，橙黄橘绿，宜人的秋色让我们心旷神怡。车里的苹果也很开心，脸蛋更加红润。妮妮的脸上汗涔涔的，也像苹果一样红了。

往远处看，还有更多的粮田和果园。

苹果红了，更多的果实到了收获的时候。

秋 雨 温柔

夏末秋初时常有暴雨，雷霆万钧般猛烈。等到雨势渐渐地弱下来，天气也开始渐渐地转凉。

天气凉透了，也就到了花谢叶落的时候，这是躲不掉的告别，秋风秋雨成了凄风苦雨。

秋雨带了寒意，滴落到文人墨客的笔端，就多了悲凉。我们不在淅淅沥沥的秋雨中感怀伤悲，好像对不起那些凄美的诗句。秋雨飘落时，我们非要给自己加一些哀愁，哪怕只有一丝淡淡的伤感。听着淅淅沥沥的雨声，不知道是秋天的雨让我们忧伤，还是那些渲染秋雨的诗行让我们惆怅。

花草树木却是欢喜的，坦然安卧，等待着秋雨的抚摸。

那抚摸温柔体贴，落在芊芊细草上，都不会有轻微的摇动。

雨声也是温柔的，只有呢喃细语，绝没有雷

可是，秋雨来到世间，要催生的并不是离
别绪。丰沛的雨水，要成就的是生命的
成长。我们看到的是荟花荒水，细雨中的
土地却在繁衍生息

天鹅

邀我

去散步

秋雨飘落时，我们非要给自己
加一些哀愁。哪怕只有一缕淡
淡的伤感。听着淅淅沥沥的雨
声，不知道是秋天的雨让我们
忧伤，还是那些渲染秋雨的诗
行让我们惆怅

雨的动静，滂沱大雨，天摇地动。

夏天的雷阵雨来得快去得也快，秋雨总是很缠绵，绵绵不绝。或许这样的方式勾连起离别的情绪，离别时也是这么依依不舍。

秋雨最有情，对那些即将凋零的草木，秋天的雨最懂得温柔以待。

秋意越深，秋雨就越加温柔。细碎的声响也渐行渐远，此时无声胜有声，一切尽在不言中。

可是，秋雨来到世间，要催生的并不是离愁别绪，丰沛的雨水，要成就的是生命的成长。我们看到的是落花流水，细雨中的土地却在繁衍生息。

我们可以在秋雨中忧伤，也可以像草木一样，把心灵打开，接受绵绵细雨的抚慰。同样的景致同样的自然现象，换一种心情去看去感受，可以感受到秋雨的滋润，可以看到秋雨后的暖阳。细雨暖阳，该是温柔的温暖的日子。

秋雨过后，花瓣草叶上留住的，是甘甜的雨露，并不是伤心的泪珠。一串串的雨露，串起的是滋生万物的恩泽。

宁静祥和的夜晚，皓月当空，
耳边是孩子的天真无邪的欢笑。
这样的夜晚跟中秋圆月般圆满。
可是我的心里却飘过一缕遗憾
和忧伤。像是那缕飘过月亮的
白云。很淡很淡，还是在月亮
上留下了痕迹

天鹅

邀我

去散步

夜空中的明

每到农历十五左右，不用望向夜空，我们就能知道那里挂着一个圆圆的亮亮的月亮。月亮只有一个，全世界全宇宙只有一个，无论在什么季节，在夜空中游走的都是那个月亮，同一个月亮。

可我们还是能感觉到，八月十五的月亮是最圆最亮的，那是一个不一样的月亮，里面装着很多很多的思念。思念太多，把月亮涨得又圆又满。

妮妮两岁多时第一次正儿八经过中秋节。晚饭后吃了月饼，夜色也沉了下来，我估计月亮应该升上了天空，到了赏月的时候。我告诉妮妮今晚的月亮在一年中最圆最亮，妮妮将信将疑地跟着我出了门，还拿上一个月饼，在手里把玩，她把月饼当成了玩具。走出来没几步，我正在找

月亮，听到妮妮发出一声惊喜的叫声。我看到妮妮惊讶地睁大了眼睛，睁得跟满月一般滚圆。我急忙顺着她的眼神望去，一轮圆月轻悬在夜空，像是一个冰雕玉琢的玉盘，我们可以清晰地看到玉盘上的花纹，拙朴清雅，散发着温润的光泽。月亮发出的光并不强烈，却照亮了夜空，照亮了大地，也照亮了我们，我和妮妮都披上了银色的轻柔的月光。

宁静祥和的夜晚，皓月当空，耳边是孩子的天真无邪的欢笑，这样的夜晚跟中秋圆月般圆满。可是我的心里却飘过一缕遗憾和忧伤，像是那缕飘过月亮的白云，很淡很淡，还是在月亮上留下了痕迹。

中秋的月亮美到让人无法直视，美到让人窒息。我望着天上的月亮，想起了远方的亲人，心里隐隐作痛。

妮妮肯定没有注意到飘过月亮的白云，不识愁滋味的孩童，怎么会知道月亮里藏了那么多的故事那么多的思念。她在月亮底下欢蹦乱跳，使出浑身解数来表达她的欢喜。停下蹦跳后，她捧起手里的月饼，要请月亮吃月饼。她踮起脚尖，努力把手举得高一些，她以为这样就能够上月亮了。

　　等到小手举累了，她放下手来，月饼还在小手里攥着，她依旧兴高采烈，眉飞色舞。月亮大概是听到了清脆的笑声，望向我们时，露出了欢颜。

　　等妮妮懂事以后，我告诉她最圆的月亮也是有欠缺的。不是所有的亲人都能在中秋团聚，不是所有的梦想都能实现。

　　她只是听着，没往心里去。在孩子的眼睛里，十五的月亮又圆又亮，明明是个圆圆的月亮，没看到缺

在月满花香的夜晚，月光融融。我跟她一样满怀喜悦。不去想那些缺憾，就开心地活在此时此刻。为远方的亲人祈福，跟身边的人一起欢喜，一起望向夜空，那里有一轮又圆又亮的明月

天鹅
邀我
去散步

了什么。

月亮在妮妮的诗中画中，总是很圆很亮。

也许将来的某一天，她会明白我说的话，她能感觉到那种淡淡的忧伤。

也许她一生都没有这样的缺憾，那何尝不是我的愿望，我更希望她永远看不到月亮上的那个小小的缺口。

　　每次夜空中有了明朗的月亮，她的眼睛都是明朗的。她不再像儿时那般又蹦又跳，她只是静静地多看上几眼，嘴角挂着明朗的笑意。

　　有次我们去海边度假，看着明月从海上一点一点地升起。正好这个时候有人在海滩放烟花，灿烂的烟花和清朗的月亮依偎到一起，又一起迸发出光芒。

我和妮妮一起望着这幅美景，烟花中的那轮月亮浑圆通透，犹如孩子的心地，纯净清澈，无忧无虑。妮妮的脸上满是皎洁欢愉的月光，我知道她看到的月亮没有缺口，没有缺憾。

　　我的心里敞亮起来，我没有改变了她，她却多少改变了我。

　　在月满花香的夜晚，月光融融，我跟她一样满怀喜悦。不去想那些缺憾，就开心地活在此时此刻。为远方的亲人祈福，跟身边的人一起欢喜，一起望向夜空，那里有一轮又圆又亮的明月。

登高望远

待到满山红叶时，一定要去爬次山。

并不只是为了看山里的红叶，秋天的山间小路上铺满了红的黄的金色的树叶，美不胜收，这样的美景一定会让我们目不暇接，流连忘返。

秋天的树木又是最好客的，满树都燃烧着热情，用红叶酿造的美酒，可以让我们一醉方休。

走在山里，可以看彩叶飘飞，树叶是秋天的花瓣，五彩斑斓。只是，所有的风景只在眼前。

不要让良辰美景留住我们的脚步，要一直往山上走，一直走到山林之巅。

到了山顶，极目远望，城市变得很小，大自然却无比盛大。

站在山顶，才能看到远方。

远处的山上，花团锦簇，每一座山都换上了华美的锦衣，美轮美奂。

天鹅

邀我

去散步

当山和山连到了一起，当水流向远方，恢弘的气势喷薄而出。

到了山顶，才知秋天是幅浓墨重彩的油画。

不用担心画板不够大，金秋的这幅画，用上了整个大地。

颜料里有多姿多彩的树叶，有沉甸甸的稻谷和累累硕果，只有秋天才有这么丰富的颜色。用的都是最浓烈的色彩，调出的是最温暖的色调，画出来的画也是沉甸甸的，丰厚，沉绵。

我们的心情是那支画笔，由浅入深的喜悦，点点滴滴，洋洋洒洒。

作画时用了松节油，果实的芳香里，飘着松节油的气息。

爽朗的秋风吹拂着油彩，画面干爽后，发出了亮光。

站在山顶，才能打开这幅油画。饱满的画面，醇厚的色彩，强烈的质感，还有让人目眩神摇的表现力和视觉冲击力，都在秋天的这幅画里了，酣畅淋漓。既然是用了大地做画板，站在高处才能欣赏到整幅的画卷。

　　看过了这幅画，才知道秋天的景色有多壮观，才知道这个世界有多大多美。

　　要等到中秋和深秋的交接点，树叶正在变换颜色，肃杀的冷风还未到来，树枝上落满了彩色的云朵，河水也被彩叶精心地装点，流光溢彩，光芒四射。

　　一切都刚刚好。

　　要在刚刚好的季节去爬山，一路向前，一直登上山顶。

　　站在山顶，看峰峦叠嶂，看层林尽染，看行云流水，看沧海桑田，让大自然的壮丽尽收眼底，让世间的美好流进心里。

后会有 期

　　璀璨的色彩在歌唱秋天，我们走在轻歌暖阳中，不知不觉走到了深秋。

　　不知道树叶何时变的颜色，又无声无息地落在地上，不经意间，就到了告别的时候。

　　想起了春天的生机，留恋着夏天的热情，不想说再见，离愁别绪在清冷的秋风中回荡。

　　秋雨飘零，落在树叶上，圆润宛转，那是离别的泪珠，还是生命的甘露?

　　彩蝶飞舞，音符飘飞，树上落下的分明是缤纷的蝴蝶和七彩的音符。树叶唱着流行了千百年的歌谣，听歌的人换了一茬又一茬，那首歌的歌词和旋律却从未改变。

　　无须伤感，无须唏嘘，无须挽留，日落也是日出，种子变成了果实，是结束，也是开始。

　　每一年都会离去，每一年都会归来，每一年都会

我们回到叶落的地方，在树叶燃烧的秋天，站在遍地的落英上，我们轻声道别。寒来暑往，四季轮回，缘未尽情未了，相逢不会遥遥无期。光阴流转，我们朝着重逢走去，我们后会有期

天鹅

邀我

去散步

开花结果。

　　开过花，结过果实，不再有遗憾，每一片叶子都在诉说幸福和满足。

　　　　种子落进了土壤，在土壤里孕育又一轮的生命，来年又是春华秋实。

　　树叶热情似火，用绚烂至极的色彩装点大地，为丰收和来年的相聚办一场盛大的舞会。红枫、银杏、梧桐、杨树、柳树、槐树、板栗树、橡树……能叫出名字和叫不出名字的千树万树都盛装而来。

　　阳光铺出金色的地毯，大自然用雕刻着花纹的树叶做的盘子，端出丰盛的美食和馈赠。

　　浅草溪流，穿过寂静流淌，在玫瑰生长的地方开花。

　　没有离别，怎么会有重逢的喜悦？

最后一片红叶，在仰望天空的最顶端的树上飞扬。

我们回到叶落的地方，在树叶燃烧的秋天，站在遍地的落英上，我们轻声道别。

寒来暑往，四季轮回，缘未尽情未了，相逢不会遥遥无期。

光阴流转，我们朝着重逢走去，我们后会有期。

秋·中年

　　还是那棵参天大树，结出了果实，淡定，怡然，丰盈，内敛。四季从春夏走到秋天，人生已过半生年华，岁月已到中年。

　　不是所有的叶子都变了颜色，绿色还在，那是生命的起始。只是秋天的绿色深沉了许多，有了岁月的痕迹。经过了春天和夏天，才能沉淀出厚重的色彩。

　　天空依然纯净，比春天夏天高阔，天地间最宽广的季节，走在人生中最宽阔的路上。

　　果实累累，几十年的耕耘，到了收获的时候。人到中年，最能明白坚持和坚守的意义。

　　树叶也是果实。秋天的树上万紫千红，只有秋天才有这样的丰盛。秋天的树叶千姿百态，等到树叶变化出不同的色彩，才发现树叶有这么多不同的形状。

　　树大根深，有了人生的底气。

　　灵魂依然鲜活，依然充满朝气，依然开枝散叶，

天鹅

邀我

去散步

还是那棵参天大树，结出了果实，淡定，恬然，丰盈，内敛。

四季从春夏走到秋天，人生已过半生年华，岁月已到中年为之努力了几十年的事业仍在延续。能长成参天大树，不会没有力量和勇气。

秋天的河流上不再需要航标，在没有航标的河流上，秋天的船依旧不会迷失方向，只是很多的船不再向往远行。

听不到群鸟的聒噪，夏蝉也停下喧哗，常有安静下来的时候。吵闹和喧嚣还在，心静耳清，不会再被噪声搅扰和吸引。

鸟儿低飞，渴望栖息的家园。懂得了生活，更加热爱生活，只是学会了脚踏实地，不想再去为无谓的事情奔波、忙碌。

也渴望靠近最初的梦想，人生过半，最应该做的，是自己最想做的事情。

诗和远方还在，曾经的远方已在眼前。

秋天有最浓的诗意，树叶开出了五颜六色的花，浮翠流丹，为流浪归来的诗人酿造美酒。小河蜿蜒流淌，笛声悠扬绵长，流淌在诗人的心里，拨动心弦。

原来最美的风景就在这里，秋意盎然，诗意盎然。

丰收 的季节

　　到了丰收的季节，我们会带妮妮去趟农庄，去那里见识五谷丰登，去那里庆祝丰收。对丰收的最好的庆祝，就是在铺满丰收果实的农庄尽情尽兴地玩上一场。

　　农庄的门口摆着当年的南瓜王，几百磅重。旁边是南瓜展览，一长排的木格子，高低好几层，每个木格子里有个南瓜，颜色形状各异。南瓜多是橘黄色的，也有其他颜色，红的黄的绿的青蓝色的，五彩斑斓。南瓜也不光是一色的，很多南瓜带条纹，两种或几种颜色混搭。南瓜的形状也不同，有的像棒槌，有的像葫芦，最讨喜也是最常见的是橘黄色的胖胖的扁圆的磨盘南瓜，敦实饱满，最能代表了秋天的丰收。

　　能参加展览的南瓜个头都不小，地上还堆了很多中等大小的南瓜和迷你型的南瓜。妮妮和我都特别喜欢小南瓜，巴掌大小，可以捧在手心里，乖巧可人。

　　我们摩挲抚弄着这些小南瓜，爱不释手。忽然听

玉米秆可以建造很长的滑梯，我见过的最高的滑梯就是在农庄见到的，高如云梯，要爬到很高的地方才能上到云梯的顶端，这样的滑行像是从云彩上飘落下来

天鹅
邀我
去散步

到轰的一声，像是炮声。我们跑过去一看，几个人正在放礼炮，炮筒里出来的竟然是一个个大南瓜。每发一次南瓜炮弹，围观的人都会拍掌欢呼。

南瓜仪仗队表演的只是欢迎仪式，农庄还准备了丰富多彩的各种活动。农田上建起了别有洞天的游乐场，大部分设施是用农作物的秸秆搭建的。玉米等庄稼成熟后，农庄的主人开着收割机一边收割一边把玉米秆切碎，一部分作为肥料返回到田里，一部分留作工业原料。这些生产原料没运走之前正好造一些游乐设施，给大家一个很特别的体验。

玉米秆可以建造很长的滑梯，我见过的最高的滑梯就是在农庄见到的，高如云梯，要爬到很高的地方才能上到云梯的顶端，这样的滑行像是从云彩上飘落下来。因为滑梯太高，小孩子去玩滑滑梯，需要大人抱着往下滑。

也有很宽的滑梯，有四五个滑道，几个人同时出发，边滑边开心地大声喊叫。

我们也在用秸秆建成的隧道里滑过，里面黑咕隆咚的，有种钻地洞的感觉，要拐上好几道弯才能抵达出口。

蹦高等活动更刺激，妮妮胆子大，五六岁时就开始披挂上阵。她在空中忽上忽下，我在旁边看得心惊胆战，幸好下面铺着很厚的秸秆毯子，多少让我放下心来。

五花八门的活动，接二连三的兴奋点，大人孩子都进入亢奋状态。玩的时候，男女老少都是孩子。

猪马牛羊也出来庆祝丰收，各种动物纷纷粉墨登场。

南瓜的形状也不同，有的像棒槌，有的像葫芦，最讨喜也是
最常见的是橘黄色的胖胖的扁圆的磨盘南瓜，敦实饱满，最
能代表了秋天的丰收

猪圈里的猪一只只膘肥体壮，最丰满的那只母猪刚生了六只小猪崽，正带着小猪崽在外面晒太阳，在众目睽睽之下打起了呼噜。

　　几头老黄牛正在吃草，吃得慢条斯理。奶牛最受小孩子的追捧，牛圈外有一帮小孩子在排队，他们等着给奶牛挤奶，叽叽喳喳地说着话，既兴奋又紧张。

　　小兔子最活跃，在兔子窝里跑来跑去，跑累了停下来喝口水。兔子窝里挂着几个装水的奶瓶，奶瓶上接了一根吸管，小兔们把粉嘟嘟的三瓣嘴凑到吸管上，悠然地吸水喝，一脸的满足。

　　农庄里有几个羊圈，最大的那一个在半山坡上，叫山羊乐园。我们每次来农庄，妮妮都要去那里喂山羊。进门时我们在门口买上一杯羊吃饲料，有两只山羊等不及了，把前腿搭在柜台上，催着准备饲料的女

孩动作快点，那个女孩笑着把它们轰走。妮妮拿到她的
那杯饲料，这两只山羊急不可耐地凑了过来，很快吃了
个底朝天，顺便卷走了盛饲料的杯子。那个杯子跟圆筒
冰淇淋的圆筒一样，是可以吃的，山羊们早就摸得一清
二楚。

我给妮妮又买了两杯饲料，妮妮躲开那些能争能
抢的山羊，拿去喂那些弱小害羞的，一边喂它们，一边
轻轻抚摸它们的小脑袋。

喂饱了小羊，我们也到了饭点。农场里有几个大
排档，卖热狗汉堡之类的东西，最来劲的是热气腾腾的
烤火鸡腿，配上新榨的柠檬汁，吃起来很过瘾。

农庄的主人还提供免费的果汁，用当季摘下的苹
果榨出的苹果汁。大家用白酒酒盅大小的小纸杯喝上一
小杯，不能贪杯，来农场的人络绎不绝，好东西要大家

一起分享。虽是一小杯，我们都实实在在地尝到了丰收的滋味，丰收的滋味甘甜醇厚。

吃饱喝足就该去玉米地走走了，玉米地里可不光有玉米，里面藏了很多的乐趣。

钻进了玉米地，走几步就要遇上一道"关卡"。有轮盘游戏考智力，有哈哈镜取笑相貌，有一摇三晃的小木桥，走不稳就会掉进河里。桥边响起了枪炮声，进来的人都很勇敢，冒着枪林弹雨大步向前，没有一个当逃兵的。

还有好几处鬼屋，等着大家进去鬼哭狼嚎。鬼屋边有直行道，可以不进鬼屋，不过绝大多数人都会踏进鬼屋吓唬一下自己。

玉米地里有木制的桌椅，有全套的厨房设施和餐具，锅碗瓢盆一应俱全。围着花围裙的母兔正在锅台边

做饭，公兔的脖子上挂了个吃饭围兜，坐在饭桌边大快
朵颐，吃着碗里的还看着锅里的。

     农人的小屋在玉米地的深处，房门大开，八方来
客鱼贯而入。主人不在，看到墙上挂的吉他，妮妮说主
人肯定喜欢弹吉他。家里摆着男孩子喜欢的火车、火箭
等模型，也有女孩子玩的布娃娃。播放音乐的收音机是
老式的，墙上贴的海报都是几十年前甚至上百年前的面
孔，家里的水果、玉米和南瓜却是新摘下来的。这处道
具房留住了时光，也留住了丰收的喜悦。

     出了玉米田，我们还想去趟南瓜地，要自己摘个
南瓜带回家。

     我们坐上农用四轮车，车很大，一车可以坐
二三十人。车上没有座位，铺着厚厚的秸秆，大家席地
而坐，在广袤的田地间穿行。一路语笑喧阗，一路瓜果

飘香，又是一个丰收年。

用玉米秆编的硕大的蜜蜂和蜻蜓飞过田野，鹦鹉和猫头鹰坐在树上眺望远方，春天和夏天的鸟儿也来秋天庆祝丰收，还有从远古赶来的恐龙，一头头庞然大物摇头晃脑，活泼可爱，偶尔发出一声长啸，搅动了田园的宁静，引来阵阵哞哞声、咩咩声、呱呱声，蛐蛐也在田里叫个不停。

阡陌交错，到了岔路口，有两个指路牌，一条好走的路，一条难走的路，驾车的司机问我们选哪条路，一车人毫不犹豫地选了那条难走的路。

这条路果真崎岖难行，还常出状况，钻桥洞时冷不防地被桥上的人泼一桶水，还有人骑马来偷袭我们。笨重的四轮大车在坑坑洼洼的羊肠小道上跌跌撞撞，把车上的人颠得东倒西歪，人们的兴致却越来越高，颠出来的都是爽朗的笑声。

四轮大车最后把这一车人颠进了南瓜地，男女老少嬉笑着涌了进去。有个人没看见躲在大叶子下的南瓜，被绊了个趔趄。有个刚会走路的孩子盯上了一个大南瓜，费了九牛二虎之力也抱不起来。

金黄色的原野上长满了金黄色的南瓜，圆滚滚的南瓜喜气洋洋，等着我们去收获。

Amerina's Autumn 妮妮眼里的秋天

Clouds Rise in the Rising Sky

by Amerina Miller

The sky is rising,

The fall has raised.

The clouds are floating,

Between me and the sky.

I sit on the river bank,

The clouds sit in the sky.

I watch up at the clouds,

The clouds watch down at me.

When I am walking,

Clouds and water flowing.

To the end of the sky,

Clouds fall into the water,

Fluffy and pure.

天鹅
邀我
去散步

天鹅

邀我

去散步

天高云起

章珺 译

天在长高，

秋天来了。

我和天空的中间，

云儿在飘。

我坐在河边，

云坐在天上。

我抬头望着云，

云低头看着我。

我迈开脚步，

云和水也在走。

走到天空的尽头，

云飘落水中，

蓬松又纯净。

Bright Moon in the Night Sky

by Amerina Miller

The moon is bright and round,

As it hovers over the black sky.

All around it is dark, and void,

And no soul around.

But the moon makes its light,

In its own special way,

Brightening the entire night sky.

I walk out the door and look up,

There it is, watching me above.

The moon is the light of the night,

Up above, the land below,

What a delight for a night!

天鹅

邀我

去散步

夜空中的明月

章珺　译

亮亮的圆圆的月亮，

盘旋在黑黑的云霄。

无边无际的黑暗中，

月亮发出了亮光，

奇异的光芒，

照亮了整个夜空。

我走出门，抬头一看，

月亮就在那里呢，

正在那里瞅着我。

月亮是夜的光，

天上和地上有了光亮，

多么令人欢喜的夜晚！

Harvest Season

by Amerina Miller

Harvest season,

With many reasons,

With leaves and apples gold,

And the cold brisk air is warm,

Passing out the pumpkin and apple pie,

As the wind and autumn say Hi,

Over the fields and hill's across,

Us enjoying cranberry sauce.

This is the best season of harvest,

This is the brilliant time of the year,

Red, orange, and yellow,

Turning the earth to gold,

Celebrating the harvest of the best.

天鹅
邀我
去散步

丰收的季节

章珺　译

丰收的季节，

瓜熟蒂落总有大把的理由，

用金色装点树叶和苹果，

用冷峭轻快的空气，

热情地派送南瓜和苹果派，

就像风儿跟秋天说"你好"，

越过田野和小山，

招呼我们尽情享用蔓越莓酱。

这是最好的收获的季节，

这是一年中最辉煌的时刻，

红色、橙色和黄色，

把大地变成金色，

跟我们一起，

欢庆土地的丰收。

冬

天鹅

邀我

去散步

雪地里的 御印

秋天的树叶还在空中飞舞，我们就开始期待下雪的日子。

每年的十二月，我们很有可能等到第一场雪。天气预报要下雪后，我们不断走到窗户边，等待飞雪的到来。我们欣喜地看着第一片雪花落下，紧接着更多的雪花蜂拥而至。

雪花在空中会有短暂的停留，当我们专注地望着它们，我们能分辨出每朵雪花的形状，还能看到自由自在的舞蹈。雪花也是会唱歌的，沙沙的嗓音很好听，但那歌声很轻柔，安静下来才能听到。

我们先让自己静下来，静静地望着窗外，看雪花跳舞，听雪花唱歌。

这样的静谧不会持续多长时间，等到大地被白雪完全覆盖，妮妮急着跑出门去。妮妮是最按捺不住的那个孩子，跑进雪中的第一个孩子多半是她。渐渐地，邻

白雪覆盖大地，往昔岁月在厚厚的白雪下安然入睡，无论精彩还是平庸，无论显赫还是卑微。

天鹅

邀我

去散步

我们在雪地里留下过无数的脚印，那些脚印只能留在下雪天，
只有在厚实的蛋黄白雪上才清晰可见。雪地里的那两排脚印
越来越长，开始时是一排大脚印和一排小脚印，小脚印一年
年变大，有一天变得跟大脚印一样大了

居家的孩子们也一个个跑了出来。小孩子们在雪中奔跑、追逐、打雪仗，很大声地笑着。

跑累了他们停下来喘口气，这时候地上的积雪足够堆雪人了。这是妮妮在下雪天一定要做的事情，我也走出家门，帮她堆雪人。刚落下的雪软硬适中，最适合滚雪球。可手伸进雪里还是很冷的，十指很快冻得通红，越来越僵硬。我经常半路当逃兵，让两只手缩回手套里。妮妮可不愿意放弃，雪人可以堆得小一点，但家门口一定要站上一个可爱的小雪人。她先滚出雪人的身体，再团一个稍微小一些的雪球，那是雪人的脑袋。家里早就准备好了小胡萝卜，那是雪人的鼻子。妮妮喜欢用小石子或圆松球做雪人的眼睛，嘴巴是用手指抠出来的，嘴角上扬，雪人开心地笑了。她再找来两根小树枝，雪人就有了胳膊，张开双臂热烈地拥抱妮妮。

有不少大人也喜欢堆雪人，那些最大的雪人是几

家人共同堆出来的。每次遇上这样的机会，妮妮都热情
高涨，欢欣雀跃地去凑热闹。左邻右舍大人孩子齐上
阵，边玩堆雪人边说笑，这是下雪天最热闹的时候。

在小区里转一圈，能看到不少的雪人。我们发现
有的人家的雪人是有头发的，团几个或十几个小雪球，
堆放在雪人的脑袋上，雪人就长出了一头茂密的卷发。
有个很肥壮的雪人长了个樱桃小嘴，它的嘴巴是颗小小
的西红柿，这小嘴跟它庞大的身体很不相配，却煞是可
爱。还有个雪人叼上了烟斗，站在路边怡然自得地吸着
烟。不少雪人戴着一顶帽子，不同颜色的帽子。有的雪
人围上了围巾，那个长着樱桃小嘴的雪人围的是花丝
巾，漂亮的花丝巾在风中飘舞，这个胖胖的雪人也轻盈
妖娆起来。

扫雪车会来好几次，不断清理路面，把雪都集中起来，路边就有了几个雪丘，对小孩子来说那算得上雪山了。妮妮爬遍了我们能找到的所有的雪丘，她喜欢爬上爬下，也喜欢站在"雪山"上蹦跳，红扑扑的小脸在银装素裹的世界里格外鲜艳。雪丘能留存不短的时间，路面完全干了后，雪丘还能耸立在路边。下午放学后，校车把我们这个小区的孩子送回来，其他孩子很快散开，被大人领回家去。妮妮不想回家，她想去爬"雪山"。上学前她已经在校车点旁边的雪丘上玩过，路边有雪丘的早上我从不用催她起床，她总是早早出门，可以在校车来之前多玩一会儿雪。早上没玩够的她流连忘返，我不想硬把她拽回家去，由着她玩吧。第二天有个小男孩看到一下校车就上了雪山的妮妮，也赖着不回家了，来接他的爸爸只好站在一边看他玩。两个孩子的玩性越来越大，两个大人的脖子越缩越短，完全缩进厚厚的外套中还是觉得很冷。我在数九寒天的飕飕冷风中站着，心里却是暖洋洋的，这是上天送给孩子的游乐场，孩子们在这里找到了不一样的快乐，才会玩得这么开心。那个爸爸跟我会心地一笑，我猜他也是这样想的。

滑雪是很多人喜欢的冬季项目，我们有几个热爱滑雪的朋友，冬天一定会带着孩子去滑雪。妮妮爸和我都没有这个爱好，而且我们家附近没有滑雪场，要开出去不短的路程，这下我们更没积极性了。每次妮妮眼巴巴地看着我，问我什么时候带她去滑雪，我心头总要一热，也想安排一次滑雪之旅。我说我们明年可以在滑雪场边的度假村住几天，每天都去山上滑雪。我说这话也不是糊弄她，我确实打算明年实现这个愿望，还跟朋友咨询过，可这个明年的计划一拖拖了好几年。

天鹅

邀我

去散步

190

191

妮妮发现不能全指望爸妈后，她自己开发了一个滑雪场。我们去其他小区散步时看到一个蓄水池，很大很深，应该是为夏季的暴雨预备的，保证这个小区的房子不会被水淹。我们经过时妮妮嘀咕了一句，下雪以后我可以来这里滑雪。我只是听了一耳朵，没有当真。没想到冬天下了第一场雪后，妮妮带上她的滑雪板，真的去那里滑雪了。她的滑雪板更像是小雪橇，那是妮妮小时候我给她买的，下雪天她可以坐在上面，我在前面拖着她走。她长到十一二岁，我跟她说，我拖不动你了，你可以把这个滑雪板送给邻居的小男孩。我同时整理出妮妮以前玩的玩具看的书，准备一起送人。妮妮满口答应，唯一想留下的是这个红色的滑雪板，她说她还要用，原来她那时就盯上了这个蓄水池。

　　我跟着她来到她的滑雪场，看着她找好地势和出发点，坐上了她的小雪橇。她嘱咐我要全程录下来，这可是她的第一次高山滑雪。我们同时数了一二三，她开滑我开录。妮妮张开双臂像鸟儿飞了起来，在我的眼前飞过。红色的滑雪板载着妮妮，从高处滑落到低端，还真像是一次完整的高山滑雪，小孩子在怎么玩上总是很有创造性。首战告捷的妮妮在"雪山"脚下兴奋地向我挥了挥手，然后拖着她的滑雪板爬回高处，再往下滑。她不厌其烦地来来回回了好几趟。有次她差一步就上来了，手一松，滑雪板的绳子从她的手上脱落，滑雪板又出溜下去，自顾自地滑到了底部。妮妮只好再下去捡她的滑雪板，这次她干脆躺了下来，从上面翻滚下去。她在山脚下坐了会儿，四处观望，站起来后她带着滑雪板跑去蓄水池的另外一面，发掘出另外一条滑雪道，没有第一条陡峭，但比第一条长一些。妮妮独占两条滑雪道，过足了滑雪瘾。

最大的那场雪一般会在来年的一、二月份。雪下得太多太大的话，大人们多半会头疼扫雪、出行之类的事，孩子们永远喜欢下雪的日子，雪下得越大越好。

　　妮妮两岁多的时候我们这里下过一场很大的雪，那是她遇上的第一场鹅毛大雪。雪停下后，她跟在大人后面，带着小铲子出来扫雪，她还带上她最喜欢的书和她最喜欢的玩具，一手抱着她的宝贝，一手学着大人铲雪。她是来帮倒忙的，刚清扫出来的路面上很快被她抖落上雪片雪沫，不过这样的问题她是看不到的。她吭哧吭哧地挥舞着她的小铲子，脸上挂着很认真的表情，很努力地帮着倒忙。

　　妮妮一年年长大，她有了很多变化，对下雪天的喜爱倒是从未改变过。如果哪年没有下大雪，她会觉得很遗憾。这个时候我会安慰她，四季轮回，你可以期待下一个冬季的雪。

遇上下雪天她是不会错过玩雪的，一年里能有几场雪呢？她可不想躲在家里躲在暖气中，她要在飞扬的雪花中尽情地玩耍。

我们在雪地里留下过无数的脚印，那些脚印只能留在下雪天，只有在厚实的皑皑白雪上才清晰可见。雪地里的那两排脚印越来越长，开始时是一排大脚印和一排小脚印，小脚印一年年变大，有一天变得跟大脚印一样大了。

不期而遇

大部分野生动物会冬眠，在冬天睡个长觉。不过在冬天我们依旧可以看到一些小动物在外面活动，寒风吹不走它们玩耍的兴致。冬眠像是大人要求孩子的午觉，总有几个精力旺盛的孩子不想睡午觉，偷偷跑出来嬉闹，那些小动物就像逃觉的孩子。

冬天的时候，我们常常跟这些逃觉的小动物不期而遇。

如果我们去湖边散步，很有可能在那里看到一道流动的风景线。波澜不惊的湖面上，常有一群野鹅野鸭子在那里游荡，一些加拿大鹅也留下来过冬。环绕湖水的树林已是不施粉黛素面朝天，野鹅野鸭子们还是一身盛装。它们披着不同颜色的羽毛，有银灰色的、栗色的、黑色的、白色的……最漂亮的是绿头鸭，脑袋是墨绿色的，散发着宝石般的光泽。绿头鸭的雄鸭比雌鸭

这只小松鼠这些迷宽的小动物带给我们很多的乐趣。我们不不期望在梁州的冬季遇上它们，能遇上它们，自成是双倍的欢喜

天鹅
邀我
去散步

更漂亮，身体的前后左右搭配着不同颜色的羽毛，脖子上还围了一圈白色，像是戴着珍珠项链。雄性绿头鸭飞起来时更加惊艳，翅膀完全张开后，露出了蓝紫色的羽翼，在天空中亮出一道蓝紫色的闪电。

不同颜色的野鹅野鸭子们和睦相处，它们一起在水里觅食游玩，一起到岸上梳理羽毛，一起在空中盘旋。它们不会飞太远飞太久，在空中溜达一圈后很快回到水上或水边。湖边有座小木桥，木桥的护栏上常站着野鸽子，很规整地排成一行，像卫士一般守护着静谧的湖水和水上的鸟禽。这里是它们的家，它们抱团取暖，一起在这里度过严冬。

天空中不光有野鸭子，还有一些小鸟。不是所有的鸟儿都飞去了南方，有些小鸟留下来跟我们一起过冬。留鸟里有喜鹊、灰雀、乌鸦、斑鸠……最常碰到的是麻雀。麻雀大概是全世界分布最广的鸟类，除了南极和北极，哪里都有麻雀。麻雀能适应任何季节，也喜欢跟人类住在一起。特别是到了冬天，不光是在树林和灌丛草丛中，在人潮涌动的地方也能遇上麻雀。它们在我们的面前寻觅食物，我们手上若是有面包之类的东西，就赶紧拿出来喂这些麻雀。小麻雀这种时候会蹦跳到我们的面前啄食，一点也不怯生。吃饱以后，它们摇头晃脑地扭动着胖胖的小身子，唧唧啾啾叫上两声，表示感谢。

鸽子更不怕人，只是到了冬天街上的鸽子少了不少。有的鸽子有办法溜进室内的建筑，不知道是为了躲避风寒还是进来找吃的，或许两者兼有。

冬天的树林里依然有松鼠出没，很多松鼠会冬眠，但有些松鼠是不会睡这个午觉的。既然敢逃觉，这类小松鼠一般很有胆量，有的时候比鸽子还要不怕人。松鼠

天鹅

邀我

去散步

特别喜欢带壳的坚果，它们的门牙一直在长，长个不停，需要磨牙，啃坚果既可以磨牙，又可以吃上美味。有次我们在树林里遇到一只逃觉的小松鼠，我们热心地帮它找榛果，找到后递给它。小松鼠一点不客气，当着我们的面狼吞虎咽。它不是坐着吃，它立起两条后腿站着吃。它用两只前爪捧着榛果，三下两下把榛果壳啃了下来，两个小腮帮子鼓了几下，那颗榛果就进了它的肚子。吃完后它定定地望着我们，大概是等着我们帮它找吃的。那副可爱的小模样让我们忍俊不禁，我们不能让它失望，赶紧为它找来更多的榛果。那一天这只小松鼠大饱口福，我们则是大饱眼福。

这只小松鼠这些逃觉的小动物带给我们很多的乐趣，我们并不期望在凛冽的冬季遇上它们，能遇上它们，自然是双倍的欢喜。

最漫长的 冬 夜

冬至那一天，是最漫长的冬夜。

在最漫长的冬夜，我们出去看星星，看彩灯。

入冬以后，我和妮妮的生活习性并没有换到冬季，依然像在暖和的天气里那样常去室外转转。外面的空气清冷凛冽，吸进嘴里，浑身打个寒战，好像掉进了冰河里。

夜晚更冷，妮妮还是喜欢晚上出来，她觉得冬天的夜晚比白天漂亮。每天吃过晚饭，她总惦记着出去走走。

很少有人大冷天出来溜达，还是在晚上，我们常常走上老半天也碰不上其他的人，出行的人都躲在有暖气的汽车里。

很多的夜晚，夜幕拉开，我们是唯一的观众。

先看到的，是满天的星星。一年四季中，冬季的星空最灿烂，一多半最亮的星星，只有在冬季的夜晚才

一年之中，那一天的夜晚最长。最漫长的冬夜并不晦涩阴冷，有星光闪烁，有彩灯闪烁，有热闹的人群，有烤棉花糖的甜味陪伴。

能看到。冬天的透明度也好，星星显得格外明亮。有浩如烟海的繁星照耀，冬天的夜空并不是漆黑一片，而是透着亮光的深蓝色。深蓝色的绸缎上缀满了宝石，华丽典雅，又通透明朗。

我们仰望夜空，眼睛里也装满了明亮的星星。

天上有星星，地上有彩灯。进了十二月，很多人家的门口亮起了圣诞彩灯。我带着妮妮去过很多小区，一条街一条街地看过去。有的人家搞得很简单，有的人家大张旗鼓，房子上院子里到处张灯结彩。每一家的门前亮着不一样的彩灯，这可是名副其实的万家灯火。大家按照自己的喜好去装饰，点亮了节日的气氛。

灯火辉煌，灿若星河，我们在星河中徜徉。即使只有妮妮和我两个人，气氛也热烈起来。

我们当然不会错过公园里的灯会。每个城镇都有

专门看彩灯的地方，秋天时工人们就开始忙着挂彩灯，一般在十一月底对公众开放。

去看彩灯的人很多，我们不再行只影单。

妮妮第一次是去动物园看的彩灯，当时才三个多月大。年龄很小，兴致却很大，眼睛滴溜溜转个不停。等到自己能走路，再去灯会，她更是跑前跑后，流连忘返。

何止是孩子喜欢，大人们也是兴高采烈，一个个变成了孩子，跟小孩子一般兴奋。很多人家是全家出动，用轮椅推着老人，用肩膀扛着孩子，在火树银花间穿梭，驻足。

我们常去看彩灯的地方是一个离我们家不远的公园。这个公园一年四季都有别样的风景，我们春天来这里看郁金香，夏天来看荷花，秋天来看红叶，冬天来看雪，还有彩灯。有时候会略过某一个季节的某一道风景，彩灯却是不能落下的。

看一次彩灯，一次可以看遍春夏秋冬。满园的春花烂漫，夏天的蜻蜓在花丛间飞舞，树上都是彩色的叶子，雪花从彩叶间飘落。

四季的风景都在这里了，不仅栩栩如生，而且动感十足。花瓣一点点打开，花朵一点点绽放；兔子在田间拔胡萝卜，松鼠和乌龟一起采蘑菇；青蛙从池塘里蹦跳出来，呱呱叫上几声，又蹦回水里；狗熊终于找到了挂在树枝上的蜜罐，站起身来仰起脖子偷吃蜂蜜⋯⋯生灵万物在这里生长和嬉闹。

有棵彩灯树是声控的，叫得越响，亮的灯就越多越亮。我们每次走到那里，妮妮总要使出浑身的力气欢叫几声。彩灯明亮地闪烁，映红了她的笑脸。

还有一棵用多如繁星的彩灯制作的音乐圣诞树。圣诞歌曲响起时，满满一树的彩灯如海浪般翻腾出不同的色彩，一波波五彩缤纷的浪花环绕着这棵高大的圣诞树欢舞，喜庆的彩浪冲上了九霄云天。

　　圣诞树前专门放了一些椅子，走到这里的人们可以坐下来，听场室外的冬季音乐会。

　　不过我们在这里不能久留，还有很多想做的事情。想去坐花椅，想去走灯桥，想去采"草莓"，还想去摘"玫瑰"，这里的玫瑰长在地上，也长在树上，一枝硕大的红玫瑰拔地而起，长在了最高的那棵树上。

　　走着走着，已经不再清冷的空气里冒出了浓浓的烟火气，夹杂着一些香甜的味道。我们走到了小吃摊，这是灯会的最后一站。大饱眼福后，大家都来这里吃点什么喝点什么，最受欢迎的是热巧克力和烤棉花糖。

到了这里，到了这个时候，棉花糖一定要吃烤过的，而且是自己亲手烤的。先买上一袋棉花糖，拿上一根卖家配备的大约两米长的细长杆，把棉花糖串到长杆的顶部，伸到火上烤。夏天养荷花的水池里堆上了木柴，架起了篝火，火塘边围满了人，人手一根长杆，围着篝火烤棉花糖，烤得越慢越好。火星点点，笑声连连，烤热了的棉花糖进嘴即化，化成了一团甘露。

　　一年之中，那一天的夜晚最长。

　　最漫长的冬夜并不暗淡阴冷，有星光闪烁，有彩灯闪耀，有热闹的人群，有烤棉花糖的甜味陪伴。

树枝上的  暖 阳

当树叶落尽，我们看到了树的繁茂。树干和树枝一起向上伸展，又向四周散开，是花朵盛开时的样子。

这些树，托起过繁花和绿叶，捧出过丰盛的果实，我们只记得花红柳绿，和树上结满的果子，并未留意过姹紫嫣红身后的树影。

这里是停靠的港湾，云在上面飘过，柳絮在上面流转，蝉在这里唱歌，归巢的鸟儿在这里歇脚。树枝上曾缀满绿叶，郁郁葱葱，华盖如伞，为走过的人遮风挡雨。有人喜欢在树下读书，有人喜欢在树下漫步，热恋中的人们也喜欢来这里，在树下山盟海誓。很多誓言随风而逝，树还在这里，记得他们当年的柔情和痴缠。

秋天时，一树树的绿叶汇聚成金黄的河流，满树斑斓的彩叶，无比绚丽。

我们以为那是最后的灿烂，可是，当最后一片叶子落下，树开成了花，树枝像层层叠叠的花瓣环抱在一起，在很深的岁月里绽放，恣意潇洒，轰轰烈烈。

没有红花绿叶，树依然美丽，跟果实一样饱满。

到了冬天，当树叶落尽，我们才能看到茁壮的树枝树干，感受到树的高大和伟岸。

花和树叶会凋谢，树却可以天长地久。

不向往天上的流云，不留恋往昔的辉煌，不惧怕即将到来的风雪，心有定力，从容自若。

没有片刻的休息，没有漫长的冬眠，更没有死去，只是安静地伫立，伫立在生命之河的岸上，伫立在千万年的土地上，向阳而生。执着，顽强，深情，默默地守

这些树，花起过繁花和绿叶，结出过丰盛的果实，我们只记
得花红柳绿，和树上结满的果子，并未留意过它紫嫣红身后
的树影

天鹅

邀我

去散步

护，默默地祈祷，守护和祈祷苍生万物的平安。

生命力依然旺盛，有星辰在树梢间奔腾，有疾风在树枝间跳舞，有孩童在树下嬉戏，有新年的钟声响起……

还有太阳和阳光。

向阳而生时，太阳就在心中。坚韧的树枝托起了一轮太阳，在寒冷的季节，太阳散发着温暖的光芒。

冬天是最温暖的季节。

天寒地冻，我们才向往温暖，渴望靠近温暖。太阳带给我们希望，结了冰的微笑，传递着融融温情。温一壶老酒，热气在热茶热饭上缭绕，我们看到了温暖的气息。

冬天是最温柔的季节。

阳光从不耀眼，也不激烈，淡黄色的光芒，柔软

温润。暴风雪肆虐猛烈，落在树上的雪却如此轻盈，放
在手心里，化作如水的温柔。

风暴过后，天空湛蓝，万里无云。

喧嚣和纷扰都在树梢上停息，太阳出来，静静地
落在树枝上。

一只小鸟飞上枝头，挂在树上的风铃发出清脆的
声响，在树下玩耍的孩童笑语盈盈，笑声朗朗。

树枝上的暖阳，露出温暖的笑容。

我们心中的平安，正被冬日的阳光温暖。

冬·晚年

冬天是一个经历了沧桑的老人，看遍了世间的悲欢离合，明白了平平淡淡的珍贵。

春天的花，夏天的朝露，秋天的彩叶，终将归于大地。

白雪覆盖大地，往昔岁月在厚厚的白雪下安然入睡，无论精彩还是平庸，无论显赫还是卑微。

外面的世界冰天雪地，老人和这个洁白的世界安静地对视，用坚韧的目光和柔软的心。相视无言，彼此懂得，彼此珍惜。

天寒地冻，老人坦然面对，坚硬的生命和豁达的心态足够抵御风刀霜剑。

风雪茫茫，老人不用担心迷路，无须在大雪天出门，也不用急着赶路，要把余年留给简单平实的日子。可以在壁炉边打盹，在不太冷的那一天出去晒太阳，侍弄花草，亲手做点自己喜欢吃的东西，慢慢咀嚼，咂吧

沉静地等待日落。太阳收起锋芒，收起伤感和忧悲，将所有的光辉收进冬天的落日和晚霞。荒草枯树被照亮，闪耀着光芒

天鹅
邀我
去散步

出了小时候的滋味。

不再羡慕和嫉妒，不再担忧和恐惧，曾经左思右
想，曾经虚度光阴，把生命浪费在那些浪费生命的纷扰
中。时光流逝，也带走了那些犹疑和不甘。

学会了放手，学会了随遇而安。不再跟自己跟别
人较劲，冬天多出来很多的时间。还有很多的喜悦，要
把所有的喜悦都留给今天。

等到白雪落下，才能做到无欲无求，平静，安详。

河水结了冰，不再随波逐流，不再躁动不安，心
静如水，水在冬天结成了冰。

时间似乎也停下了脚步，陪他们云淡风轻。

　　万物凋零，松柏依然苍劲。几十年的日子很厚重，丰饶的滋养，让松柏常青。冬日的暖阳下，松柏屹然而立，静得出奇，美得透彻。

　　沉静地等待日落。太阳收起锋芒，收起伤感和忧愁，将所有的光辉收进冬天的落日和晚霞。荒草枯树被照亮，闪耀着光芒。

　　落日的余晖，是老人嘴角浮现的那抹笑意。想起了某年某月的某一天，某一个人，和一段甜蜜的往事。等了很久，终于在苍茫的暮色中相逢，一起看夕阳西下，一起看万道霞光。

回望四季

冬天总是多出些静谧的日子，好像是为了给我们留出足够的时间，让我们坐下来，梳理一年的时光。

所有的日子都在四季里，从春天一直流淌到冬天。每个季节都有着与众不同的印记和味道，听到布谷鸟的叫声，我们知道这是到了春天；看到海边蜂拥着人群，我们知道这是到了夏天；嗅到瓜果的芳香，我们知道这是到了秋天；北风吹来雪花时，我们从春天夏天秋天走到了冬天。

四个季节又是在一起的，每个季节都有另外三个季节的踪影。春天有秋日的艳阳，秋天有小阳春，温暖如春。夏日的荷塘宁静得如同冬日的雪原，冬天的风从松林吹过，阵阵松涛，如同夏日的阵阵海浪。秋天的鸟飞在春天的青草上，淅淅沥沥的雨不知滴落在哪个季节。太阳在每个季节的清晨升起，每个季节的夜晚都有

月亮和星星的陪伴。

　　玫瑰开在夏天，也开在冬天。我们不止在春天播种，我们不止在秋天收获。

　　我们常常看到那样的景色，一片新绿中有秋天的红叶，冬天的暖阳下，春天夏天秋天的色彩簇拥在同一片树林里。时光在那一刻静止，万籁俱静，大地一片安宁。面对那样的恬静祥和，我们的呼吸和心跳也没了声响。

　　最安静的时刻，四季并没有停下呼

冬天是最值得回忆的季节，当雪花静静地飘落，当我们安静下来，完成了一年的记忆，到了收获的时候

天鹅
邀我
去散步

吸和心跳。偌大的世界，繁复的生命，一眨眼的工夫，不知道又有多少新的生命降临。可能很弱小，可能没有什么动静，可能与你我无关，可每个生命都是鲜活的，每个生命的到来都有独特的缘由。

还有生命的成长。生命永远在变化中，大自然也永远在变化中，看似静止，实则变幻无穷，那样的奇妙深不可测。相隔百年相隔千年，我们看到的是同一座山同一片海。相隔万里相隔大海重洋，我们看到的是同一个太阳同一个月亮。可是就在同一个时间同一个地方，面对同一棵树同一朵花，我们看到的世界已瞬息万变。瞬间的凝眸，已过千山万水。

四个季节一个接一个，有的时候一起来，有的时候自己来，从未缺席，从未让四季停下了运转。春夏秋冬周而复始，万物生灵生生不息。

丰盛的预备也源源不断，在春夏秋冬的每个季节里，这样的丰盛是为每一个人预备的。

冬天是最适合回忆的季节，当雪花静静地飘落，当我们安静下来，沉淀了一年的记忆，到了收获的时候。

回望的时候，我们才知道我们有多少收获，我们才知道我们是否虚度了四季的光阴。

四季在我们的身后，也在我们的面前。回望之时，也是眺望之时。我们的来处和去处，原来是同一个地方。

天鹅
邀我
去散步

今天将是
明天的 回忆

　　春天的时候，我们说这是最好的季节。

　　春天是个大花园，百花盛开，无边无垠。我们在一片片花海中徜徉，听鸟儿唱歌，看蝴蝶飞舞，空气中弥漫着醉人的花香，我们的呼吸里也飘出了香甜的气息。树叶忙着发芽，蜜蜂忙着采蜜，所有的生灵都在开心地忙碌。哪个季节能有春天的盎然生机？哪个季节的花能比春花璀璨？

　　夏天的时候，我们说这是最好的季节。

　　夏天是宽阔的林荫大道，一边是奔腾的海洋，一边是一池静水，静得能开出清净的莲花。蜻蜓在莲叶上轻轻落下，它们屏声静气，看着莲花慢慢盛开。浓荫蔽日，风儿停止了吹拂，远处传来波涛声，海潮奔涌，碧海青天烟波浩渺。哪个季节的绿荫能比夏天繁盛？哪个季节能有夏日的海阔天空？

秋天的时候，我们说这是最好的季节。

秋天是漫山遍野的金黄。树上硕果累累，地上五谷丰登，满目都是饱满丰硕的欢颜。天空更加高阔，才能容得下丰收的喜悦和喧腾。树叶悄悄变了颜色，层林尽染，渲染铺展着化不开的浓情。缤纷的树叶在风中起舞，像是一只只彩蝶在飘飞。哪个季节能有秋天的色彩？哪个季节的收获能比得过秋日的丰收？

冬天的时候，我们说这是最好的季节。

冬天是一个晶莹剔透的世界。当春花秋叶落尽，树枝盎然绽放。很快这茂盛的树枝上会开出澄澈的雪花，冰清玉洁，岁暮天寒时才能看到这样的傲雪凌霜。白雪覆盖大地，也覆盖住熙熙攘攘的喧闹，大地不再嘈杂，万物生灵归于内心的安宁。哪个季节的树木能有冬天的气势？哪个季节能像冬天那样沉静安详？

这一天可以从春天开始，也可以从任何一个季节开始，我们每一天都在开始我们的四季之旅。无论我们住在哪里，身处怎样的季节，春夏秋冬总会循环往复，每个季节都美不胜收，无意中的一瞥，就有可能是惊鸿一瞥。

那一道道风景就在离我们不远的地方，就在我们的身边。我们就住在四季里，大自然是我们共同的家园。

我们可以按照我们的愿望扩充我们的庭院，我们可以用我们的脚步和眼睛丈量这里的丰饶，这个庭院可以大到没有边际。这里不止有春夏秋冬，这里还有春夏秋冬的所有馈赠。这里走不到头，看不尽的美景，一望无际。

即使我们急着赶路，不去留意，无暇驻足，这些风景还会在这里，只是跟我们的日子不再有多少关联。

这些奇妙的风景就在我们的眼前和脚下，我们无数次地经过，又无数次地错过。

如果我们错过，我们错过的不仅仅是风景。我们在这里看云蒸霞蔚，我们还可以在这里得到心灵上的抚慰。春风吹在我们的脸上，也能吹进我们的心里。我们可以在这里完全放松下来，只做我们自己，忘却烦恼悲愁，卸下尘世的羁绊。这里不会在意我们的任性和随意，季节更迭时，也是这样说来就来说走就走。这是一个最能让我们随心所欲的地方，留下的也都是最纯真的感动。哪怕只有少许，哪怕持续的时间不长，留到了记忆里，或许会天长地久，或许会慢慢发酵，酿造出醇美的回忆。

今天不只有今天，今天还将是明天的回忆。

我们住在四季里，四季可以同时住在我们的心里。

天鹅

邀我

去散步

春去秋来，寒来暑往，住在我们心里的四季无须这样的流转，春夏秋冬可以在同一个时间里开花结果，并且陪伴着我们的岁岁年年。如果我们的心里开过春天的花，飘过秋天的彩叶，我们曾让大江大海在我们的心里流淌，我们曾在白雪飘扬时挥洒过我们的欢笑，我们会有不一样的回忆，我们会有不一样的心情和心态，我们的视野可以跟大海一样宽阔，跟天空一样高远。

天高心自远，水远情更长，当我们望向更高更远的地方，我们看到的不仅仅是一道风景一个季节。

鲜花盛开，树叶缤纷，白雪落满世界，大海奔腾不息，是为了让我们看到这个世界的明媚，是为了让我们的每一天多一些快乐，是为了给我们的明天留下美好的回忆和祝福。

如果我们看过更多的美好，感受过更多的美好，我们将会更多地领受到美好。心心念念，必有回响。

Amerina's Winter　妮妮眼里的冬天

Warm Sun on the Branches

by Amerina Miller

The branches are cold and slim,

The bark is black and dim,

What would the world be like

if there is no sun?

But the sun is always there for us,

And always something to have fun.

It touches cold dark twigs,

And brightens and warms it up.

It warms up our faces,

On this chilly winter day,

Lovely and cheerful,

Making outside great for play.

It even warms our hearts and mind,

Wonderful peace and kind.

We see hope on the branches,

Lighting up by winter sun.

天鹅
邀我
去散步

天鹅

邀我

去散步

树枝上的暖阳

章珺　译

冬天的树枝冰凉纤细，

冬天的树皮又黑又暗，

世界会是什么样子

如果没有太阳？

可是太阳总会出现，

生活总会有些乐趣。

太阳抚摸冰冷的黑树枝，

照亮和温暖它们。

阳光打在我们的脸上，

我们在太阳下开心玩耍，

这个寒冷的冬日，

可爱又愉快。

阳光涌进我们的心里，

美妙的和平与良善。

我们在树枝上看到了希望，

正被冬日的暖阳点亮。

天鹅
邀我
去散步

Footprints in the Snow

by Amerina Miller

Over the field and far away,

Is white with a blanket of snow.

No bear, no squirrel,

They are sleeping in the winter days.

But two footprints, one big, one small,

Cut through the snow, my mom and me.

The diamond glints on the snow sparkle,

The pine trees are glistening

And evergreen,

In the distance mountains rise,

Wave to us in the sun,

The snow trail long and long,

Take us to the high mountain,

Meet the sunshine in the snow days.

天鹅
邀我
去散步

雪地里的脚印

章珺　译

盖上了白雪的大地，

伸向远方。

熊和松鼠还在冬眠，

可雪地里有两排脚印，一大一小，

我和妈妈，正穿过雪地。

钻石在雪花上熠熠生辉，

长青的松树也在雪中闪亮。

远处群山耸立，

一起向我们招手。

雪地中长长的小路，

带着我们走向高高的山，

下雪的日子里，

我们去会山顶的阳光。

Today will be a Memory of Tomorrow

by Amerina Miller

Each season has its time with us,

Every time, everywhere.

Dandelions spread all over the field,

Some see weed,

I see wish.

Blowing the white spores,

Making wishes out of dandelion:

Spring flowers blooming,

Coloring the vines;

Summer sea waves tumbling waves,

The whole world is glistening with light;

Colorful fall leaves on our window sills,

Pumpkins sleeping together front of the door,

All around us is golden gold;

Snowflakes covering the winter land,

Everywhere is so quiet and peaceful......

Everything is asleep under the snow,

Every day going by so slow,

Then all the memories wake up,

All my wishes come true.

The nature is such a blessing,

Anytime, anywhere,

Made everything beautiful in its time,

Made every day a good memory of tomorrow.

天鹅
邀我
去散步

今天将是明天的回忆

章珺　译

四季的时光为我们流转，

每时每刻，无处不在。

看呀，蒲公英开遍了山野，

那不是野草，

那是漫山遍野的愿望。

我吹动白色的绒球，

用蒲公英许下心愿：

春暖花开，

为葡萄藤染上颜色；

夏日海浪翻腾，

整个世界都闪耀着光芒；

秋天的彩叶落到窗台上，

南瓜们一起睡在门前，

我们的四周一片金黄；

雪花覆盖冬天的土地，

静谧祥和……

万物生灵在雪下安睡，

日子走得很慢很慢，

所有的记忆却在此时苏醒，

我所有的愿望都得以实现。

大自然的恩典如此丰盛，

随时随地祝福着我们，

让一切都在奇妙的时间里变得美丽，

让每一天都成为明天的美好回忆。

后记

从事写作以来，这是我写得最慢的一本书。

准备和创作这本书的这个阶段碰上了整个世界的艰难时期，幸运的是，艰难时刻总能在大自然中获取力量，感受到希望。对我来说这是一个被感动、被治愈、被温暖、被照亮的过程，对大自然的体验也是对生命的体验。感恩于这趟走过春夏秋冬的自然之旅，每次走进大自然，都可以放空自己，让明媚的阳光照射进来，充满身心。

大自然和大自然的馈赠太丰盛，写什么、如何写，需要慢慢地揣摩和打磨，这也是进度缓慢的一个原因。身在其中时有过焦灼，回望之时多了感激和怀念。创作这本书也是一个被祝福的过程，走得慢一些，反倒得到了更多的祝福。

感谢陪我走过这段路程并且帮助我完成这个作品的家人朋友和编辑团队，种子从发芽到结出果实，凝聚了很多人的付出和心血。

有幸跟作家出版社优秀的出版团队再次合作。

继《回家·四代人的老照片》之后，策划启天老师再次先期介入，我在这本书的架构和选材上受益于他的引导，又在创作和出版的每个阶段承蒙他的帮助和推动。他在三四年前建议我和女儿共同创作一个作品，这本书实现了这个愿望。一个成年人和一个孩子的组合赋予这本书独特的魅力，也为读者呈现出一个别出心裁别有洞天的作品。

这本书是我和责任编辑宋辰辰、装帧设计丁奔亮共同合作的第四本书，我们在合作中已彼此懂得，相当默契。他们在这本书的文字编辑和装帧编排上尝试了各种方案，精益求精，力求为读者打造出一部精品。这本书打破了用统一模板的出版模式，在编排设计上是一页页地磨出来的。在他们的精心打磨下，文字、摄影和绘画以最好的方式呈现出来，这对作者和读者来说都是幸运之事。

为这本书还有很多人在默默地付出，感谢这个团队的每一个人。这是作者的作品，也是出版社的作品，我们共同的愿望是为广大读者创作出优秀的文学作品。

作家社和超星以融媒体的方式合作推出这个作品，我们得已在中国最大的网络阅读平台上跟读者沟通互动。

超星一直致力于为全国大中小学学生提供健康丰富的精神食粮，既能起到启迪作用，又能进行文学熏陶，提高阅读和写作的技能。超星把《天鹅邀我去散步》选作这样的范本让我深感荣幸，也帮助我更好地实现了为孩子写本书的心愿。我的散文《回家》曾被选作高考阅读文，有些身为父母的读者一直问我能不能为孩子创作些作品，感谢他们的信任。这本书是为孩子创作的，而且是跟孩子一起创作的，能得到超星的大力支持，可以把祝福传递给更多的孩子。

这本书不仅是为孩子创作的，也是为成年人创作的，对四季之美的描绘中蕴含着很多人生感悟，这也是一本关于成长的书，孩子的成长和成年人的成长，成长是我们一生要做的一件事情。超星的用户涵盖了所有年龄段的读者，我们将在这个平台上共同分享切磋成长的经验。

我的女儿（书中的妮妮）为这本书创作了十二幅画和十二首诗，丰富了这本书的内容。感谢鲁桅老师在我女儿的绘画学习上对她的指教，既帮助她提高了绘画技巧，又保护了她的想象力和创造力，使她的创作没有受到技巧的限制，可以在自然而然的状态中为读者描画出大自然的原生态。

我为这本书拍摄了一万多张照片，在最终选择照片时，为了达到更好的效果，我选用了几张朋友拍摄的照片。感谢王玲、王婷婷等朋友为这本书增添了更多的色彩。她们也是用手机随手拍下的，大自然里美不胜收，值得我们一次次地走进去。

还要特别感谢喜爱我的作品的读者和有声书的听友。我们素昧平生，在作品和共同的感动中相遇相知。感恩于你们的肯定和鼓励，这是我写作的最大的动力。

为感恩而写作，以作品作为回报，我会继续用心创作，用作品感谢你们的支持和厚爱。

章珺

2021年11月17日

天鹅
邀我
去散步

图书在版编目（CIP）数据

天鹅邀我去散步 / 章珺著. -- 北京：作家出版社，2022.6
ISBN 978-7-5212-1787-2

Ⅰ. ①天… Ⅱ. ①章… Ⅲ. ①散文集 - 中国 - 当代 Ⅳ. ①I267

中国版本图书馆CIP数据核字（2022）第011795号

天鹅邀我去散步

作　　者：章　珺
插　　画：〔美〕Amerina Miller
选题策划：启　天
责任编辑：宋辰辰
装帧设计：意匠文化·丁奔亮
出版发行：作家出版社有限公司
社　　址：北京农展馆南里10号　　　　邮　　编：100125
电话传真：86-10-65067186（发行中心及邮购部）
　　　　　86-10-65004079（总编室）
E-mail:zuojia@zuojia.net.cn
http://www.zuojiachubanshe.com
印　　刷：北京盛通印刷股份有限公司
成品尺寸：170×230
字　　数：235千
印　　张：17.5
版　　次：2022年6月第1版
印　　次：2022年6月第1次印刷
ISBN　978-7-5212-1787-2
定　　价：68.00元

作家版图书，版权所有，侵权必究。
作家版图书，印装错误可随时退换。